孤独のワイン

イレーヌ・ネミロフスキー
芝盛行 訳

Le Vin de solitude

Irène Némirovsky

未知谷
Publisher Michitani

目次

孤独のワイン

第一部

1

エレーヌ・カロルが生まれた地方では、夕暮れ時、大気中を濃い土埃《つちぼこり》がゆっくり飛び、湿った夜になると地面に降った。ぼんやりした赤い光が低空を彷徨《さまよ》い、風がウクライナ平原の匂い、微《かす》だがつんとくる煙の香気と水と河岸に茂るいぐさの冷気を街に連れ戻した。風はアジアから吹いてきた。ウラル山脈とカスピ海の間を貫き、歯に当たって音を立てる大量の黄塵《こうじん》を巻き起こした。乾いた叩きつけるような風は、大気をくぐもった唸《うな》りで満たした。唸りが遠ざかって西に消え去ると全てが静まり、鉛色の雲に覆われた仄《ほの》かで力ない夕陽が大河に沈んだ。

カロル家のバルコニーからは、ドニエプル川から遠くの丘まで広がる街全体が見渡せた。曲がりくねった街路はガス燈の揺らめく小さな炎で縁取られ、対岸では春の最初の焚き火が草原の中で光っていた。バルコニーは花でいっぱいの木箱に囲まれていた。特別に選んだ煙草、木犀草、月下香は夜、花開いた。バルコニーはディナーテーブル、椅子、太綾織の〝二人掛けソファー〟それにエレーヌの祖父、サフロノフ老人の肘掛け椅子が収まるほど広かった。

家族はテーブルを囲んで坐り、黙って食事をした。薄茶色の羽をした軽くて小さな蛾が石油ランプの炎で焼けた。椅子に坐って身を屈めながら、エレーヌは月光に照らされた中庭のアカシアを眺めた。中庭は茫々として汚かったが、庭園のように木と花が植わっていた。夏の夜は使用人たちが仲間同士、そこで笑いながら話しをした。時々暗がりに白いペチコートが動くのが見えた。アコーデオンの音と、押し殺した叫びが聞こえた。

「放してよ。悪い人！」

カロル夫人が顔を上げて言った。

「あの連中、退屈しないわ、あそこじゃ……」

エレーヌは椅子の上で、半分眠りかけていた。この季節、食事の時間は遅かった。庭を懸命に駆け回った足がまだ震える感じがした。輪を追って走りながら思わず自分が洩らした鳥の鳴き声みたいな鋭い叫びを思い出すと、胸が詰まり息が切れた。小さな強い手で黒いボールに触るのがとても楽しかった。足があざになっても、お気に入りのボールをモスリンのペチコートのポケットに隠していた。

少女は八歳。イギリスの刺繍が入ったドレスを着ていた。ウエストの下で白いモアレのベルトを〝蝶結び〟に結わえ、二本のピンで留めていた。こうもりが飛び、誰かの頭上を音もなく掠《かす》める度に、エレーヌのフランス人の養育係、ローズ嬢は小さく叫んで笑った。

エレーヌは半分目をこじ開け、自分を囲んで坐っている両親を見た。嵩《かさ》のような黄色く揺らめく一種のもやがかかった父親の顔が見えた。少女の疲れた目に、ランプの光は揺らいで消えそうに見えた。だが、実際ランプはくすぶっていた。エレーヌのお祖母《ばあ》さんが、家政婦を叱った。

「マシャ！　ランプを下ろしなさい！」

エレーヌの母親は食事しながら溜息をつき、あくびをし、パリから取り寄せたモード誌のページをめくった。父親は黙って華奢《きゃしゃ》な指でテーブルを何度も軽く叩いた。

エレーヌは父親にだけ似ていた。生き写しだった。燃える眼差し、大ぶりな口、巻き毛、悲しかったり苦しかったりするとたんに黄色みを帯びる浅黒い胆汁質の肌を受け継いでいた。少女は優しく父を見詰めた。だが彼の方は妻にしか目を向けず、触れもしなかった。妻は不機嫌に、邪険に夫の手を払いのけた。

「やめて、ボリス……暑いじゃないの、ほっておいて……」

彼女がランプを自分に引き寄せたので、他の者たちは暗がりに残された。彼女は気だるげな表情を浮かべて溜息をつき、指に髪の毛を巻きつけた。大柄で均整がとれた〝女王のお姿〟だった。肥満気味の体を流行《はやり》の鎧《よろい》の形をしたコルセットを使って引き締め、サテンのドレスのたるみの中に篭の中の果実さながら二つの乳房が収まっていた。美しい腕は、白い上に、白粉《おしろい》が塗られていた。自分のそばでこの雪の肌、働いていない白い手、鳥のような形に切った爪を見ると、エレーヌは嫌悪に近い違和感を感じた。最後に、お祖父《じい》さんが、家族の集いの終わりを告げた。

月が菩提樹の梢《こずえ》に静かな光を注いでいた。丘の背後でナイチンゲールが歌っていた。ドニエプル川が眩しく白く光っていた。月光がカロル夫人の大理石のような引き締まってきめ細かな白いうなじ、ボリス・カロルの銀髪、サフロノフ老人の細く短い顎鬚を照らしていた。お祖母さんの皺だらけの険しい顔も微かに照らされていた。五十になったばかりなのに、こんなに年取ってくたびれて……ロシアの底に沈んだこの眠った田舎町の静けさは、重く、深く、のしかかるように物悲しかった。それが突如、大通りに鳴り響く車の音にかき消された。鞭、車輪、罵声の物凄い大音響が鳴り響き、それから喧騒が遠ざかる……それからは何も……静寂……木々の間の羽音……田舎道の遠い歌声はいきなり、怒鳴り声、叫び、憲兵たちが靴を踏み鳴らす音、髪を掴まれて派出所に引っ張られる酔っぱらい女の悲鳴で断ち切られる……また、静寂……エレーヌは眠ってしまわないようにそっと自分の腕をつねった。頬が火のように火照《ほて》った。黒い巻き毛が掛かって首筋が熱かった。髪の毛に手を差しこんで持ち上げた。彼女はむっとしながら思い出した。男の子たちが駆けっこで私に勝てるのはこの長い髪のせいよ。走りながら掴むんだから。泉水の滑りやすい縁でバランスを取っていられることを思い出して誇らしげに微笑んだ。心地よく疲れた手足がひりひり痛んだ。あざや引っかき傷が絶えない膝をそっと撫でた。体の奥深くで、熱い血が密かに脈打っていた。じりじりしてテーブルに足をぶつけると、時々お祖母さんの足に当たった。お祖母さんは少女が叱られないように黙っていた。カロル夫人がきりきりした声で言った。

「テーブルに手を置きなさい」

それから母親はモード誌を取り直し、溜息まじりに、けだるげに唇の間で言葉をひねり出しながら小声で言った。

「レモンイエローの絹の茶会服。ブラウスにはオレンジ色のビロードの蝶結びが十八……」

彼女は艶《つや》やかな黒髪を指の間で小さな房に編んでいたが、夢見るようにその房で自分の頬を撫でた。

彼女は退屈していた。三十になったとたん、この街の女たちのようにカードで遊んだり、煙草を吸うために集まるのを好まなくなった。家事や子どもの世話には怖気《おぞけ》を震った。ホテルにいる時だけ幸せ。ベッドとトランク付きの部屋、パリで……

〝ああ！　パリ……〟彼女は目を閉じながら思った。

〝運転手と御者の店〟のカウンターで食事する、必要なら三等車の硬い寝台の上で夜を過ごす、でも一人で自由！　こちらでは、一つ一つの窓から女が射るような眼差しを彼女に浴びせた。パリのドレス、お化粧した頬、連れ立っている男。こちらでは、結婚した女たちにそれぞれ愛人がいた。子どもたちは〝おじさん〟と呼び、亭主とはカード仲間だった。

〝それにしたって、愛人なんて何がいいの？〟そう思った彼女は、パリの街で自分に着いて来た見ず知らずの男たちを改めて思い浮かべた……あれは、少なくとも情熱的で、危険で、わくわくした……国も名も知らず、決して二度と会うこともない男をこの腕に抱いた、それだけが求めていたぞくぞくする身震いを私に与えてくれた。彼女は思った。

〝ああ！　私は夫と子どもの間で大人しく満足してるブルジョワ女になるために生まれたんじゃあないわ〟

ともあれ、ディナーは終わっていた。カロル氏はお皿を押しやり、去年ニースで買い求めたルーレットを自分の前に据えた。皆が彼のそばに寄った。彼は象牙の玉をちょっと怒ったように投げた。だが、時々中庭でアコーデオンが一段と強く鳴ると、ゲームは止めずに長い指を虚空に上げて妙に正確に歌を口ずさみ、唇を半分閉じて口笛で繰り返した。

「ニースを覚えてる？　エレーヌ」カロル夫人が言った。

エレーヌはニースを思い出した。

「じゃ、パリは？　パリを忘れてないでしょ？」

パリ、チュイルリー宮を思い出すと、心が柔らかく溶けるのをエレーヌは感じた。（穏やかな冬空に映える磨いた鉄のような色をした木々、優しい雨の匂い、そしてもやのかかった重苦しい夕暮れ、ヴァンドーム広場の記念柱の上にゆっくり上っていくあの黄色い月……）

カロル氏は自分の周囲の者たちをすっかり忘れていた。指でテーブルを神経質に叩き、象牙の小さな玉が狂ったように転がり回るのを眺めた。彼は思った。

〝黒、赤、2、8……ああ！　勝ってたんだが……掛け金の四十四倍だぞ。ルイ金貨一枚で〟

だが、ゲームはあっけなく終わった。スリルを楽しむ時間も、勝負に一喜一憂する時間もなかった。バカラか……時さえ来りゃあ……だが、まだ彼は余りにもしがなく、貧しかった……いつか、もしかしたら……誰が知ろう？

「ああ！　神様。ああ！　神様」

サフロノフ老夫人は繰り返し呟いた。彼女は軽くびっこを引き、足早に歩いた。ひどく古い写真のように、彼女の顔の造作は涙に溶けて消えていた。白いキャミソールの丸ひだのついた襟から、黄ばんだ皺だらけの首が出ていた。いつも平べったいブラウスに手をやり、一言発する度にどぎまぎするようだった。いつも悲しげで、哀れっぽく、おどおどしていた。彼女には何もかもが、溜息、嘆きの口実になった。彼女は言った。

「ああ！　人生は嫌。神様は恐ろしいし、男たちは薄情だし……」

そして自分の娘には
「そう、あなたしごくもっともだわ、ベラ。健康な限り、人生をお楽しみなさい……お食べなさい……あれがいい？　これがいい？　私の席が、ナイフが、パンが、食事がお望み？　お取りなさい…

…お取りなさい、ボリス、さああなたもベラ、あなたもジョルジュ、あなたもよ可愛いエレーヌ……私の時間、私のお世話、私の血、私の肉をお取りなさいな……」

穏やかで光の消えた眼差しで家族を見ながら、そんなふうに言わんばかりだった。

だが、誰もが彼女をはね除《の》けた。すると彼女は作り笑いをしながら、静かに頭を振った。

「はい、はい、私、黙りますよ。もう何も申しませんとも……」

そうする間、ジョルジュ・サフロノフは干からびた大きな体、禿げ頭をすくっと立て、注意深く自分の爪を調べていた。彼は午前中と夕食前、日に二度は爪を磨いた。女たちの会話には興味がなかった。

〝ボリスは田舎者だ。サフロノフ家の娘を娶《めと》って幸せだと思え……〟

彼は新聞を広げた。

〝戦争……〟

エレーヌはそれを読んで尋ねた。

「戦争になるの？　お祖父様」

「何？」

少女が口を開くと、誰もが少女をじっと眺め、しゃべる前に間を置いた。先ず少女が言ったことへの母親の意見を知るため、それに多分、少女があんまり遠く幼い存在で、自分達のいる場所からそこにたどり着くまでに旅をしなければならなかったのだ。

「戦争？　どこでそんな話しを聞いたのかな……？　ああ！　なるかもしれんな、分からんが……」

「絶対、なって欲しくないわ」そう言わなきゃいけない、と思ってエレーヌは言った。

だが家族はそろって薄笑いを浮かべて少女を見た。父親は穏やかで悲しく、からかうような表情を浮かべて微笑んだ。

「お利口さんね、あんたは」ベラが肩をすくめて言った。

「もし戦争になったら生地の値段が上がるでしょうよ……パパが生地の工場を持ってるの知らないの？……」

彼女は笑ったが、口は開けなかった。顔の中で真一文字になった薄い唇は、いつもきっと結ばれていた。口をなるべく小さく見せるためか、奥の金歯を隠したいのか、お上品ぶりたいのか。彼女は顔を上げて時間を見た。

「寝る時間よ。行きなさい……」

エレーヌがお祖母さんの傍らを通ると、お祖母さんは腕で少女を引き止めた。心配そうな目、疲れきった顔は張詰めていた。

「キスなさい。お祖母さんにキスなさい」

つれなく、こらえ性もなく、内心じりじりしている娘が一瞬痩せた老女に体を預けると、老女は力いっぱい自分のブラウスに少女を圧しつけた。

エレーヌが唯一喜んで受け容れ、返したのは父親のキスだった。この人の血、魂、力、そして弱さだけが、少女に親近感を抱かせた。彼は銀白の髪を娘の方に傾けた。月の光でちょっと緑がかって見えた。顔はまだ若かったが、気苦労のために皺が刻まれていた。その目は時に深く、優しく、時にいたずらっぽく快活に光った。彼は笑いながら少女の巻き毛を引っ張った。

「おやすみ、ルヌシア、可愛い娘よ……」

少女は彼等から離れた。するとたんに安らぎ、喜び、単純でピュアな優しさが心に甦《よみがえ》った。彼女は自分の手にローズ嬢の手を取った。床に着き、眠った。ローズ嬢はランプの金色の輪の中で裁縫をした。小さく痩せて指輪をしていない彼女の素手を明かりが照らした。皺寄った白いブラインド越しに、月の光が過《よ》ぎった。ローズ嬢は思った。

〝エレーヌにはドレスがいるわ。上着も靴下も……あんまり早く大きくなるんですもの……〟

時々一つの物音、一つの明かり、一つの叫び、こうもりの影、白いストーブの上のごぎぶりが彼女をびくっとさせた。彼女は溜息をついた。

〝絶対、絶対、私、この国には慣れないわ……〟

2

エレーヌは自分の部屋の寄木張りの床に坐って遊んでいた。澄んで暖かい春の宵だった。薄っすらと青白い空は、ピンク色の火の熱い痕跡を芯に隠している水晶玉のようだった。半分開いた客間の扉から、フランスの恋歌が聞こえてきた。ベラが歌っていた。爪を磨いていない時、食堂で房から麻くずがはみだす古い長椅子に横たわってもの憂く溜息をついていない時、彼女はピアノの前に坐り、気だるげに手を動かして曖昧なコードで伴奏しながら歌った。〝恋、恋人〟と呟くとき、彼女の声は熱くせがむような調子を帯びた。もう唇を結ばず、恐れ気もなく口を大きく開いた。愛の言葉をこもったように吐き出すと、普段はきりきりしているか疲れている声の中に、しゃがれて甘い抑揚が掠《かす》めた。音もなく敷居に進んでいたエレーヌは、口をぽかんと開けて母親を見た。

客間には絹に似せた綿《めん》の織物が掛かっていた。かつては肌色だったが今は埃っぽくくすんでいた。カロル氏が支配人をしている工場では糊と果物の匂いがして、農婦たちが日曜のドレスやスカーフを作るこの大きな綿織物を織っていた。だが家具はパリ、サンタントアーヌ街からのお取り寄せだった。緑とラズベリー色のフラシ天で蔽った腰掛クッション、彫刻が施された大きな木の燭台、色塗りのビーズで縁をかがった日本の提灯。ランプがピアノの上に置き忘れられた爪磨きを照らしていた。ベラの爪が明かりに光った。丸く盛り上がり、獣の爪のように先が尖っていた。優しい母になる稀な瞬間、ベラが自分の胸に娘を押しつけると、いつもその爪がエレーヌの顔か腕をひっかいた。

娘は少しずつ前に進んだ。ベラは時々弾く手を止め、押し黙った。鍵盤に手を休め、希望が湧いてくるのを待ちうけ、耳を澄ましているように見えた。しかし、外は春の宵の無関心な静けさで、ただせわしない風だけが絶えずアジアの黄塵を彼女の前に吹きつけてきた。

〝全てが終わる時〟カロル夫人は溜息をついた。彼女は歯を噛み締めた。〝果物を食べたみたい〟とエレーヌは思った。大きな光る目は細い眉毛の下でとても空ろでとても険しく見え、涙——湧き出すが零《こぼ》れない輝く水、で溢れていた。

エレーヌは窓から通りを眺めた。そこを、時折、古い四輪馬車に乗ってサフロノフ本家のベラの叔母が通った。ポーランド風の装い（ビロードのチョッキ、ふっくらした赤い袖、帽子には孔雀の羽根）をした御者が巧みに操る二頭の馬がゆっくり引いていた。彼女は裕福なまま財産を浪費せず、娘たちを下町の工場の支配人をしている得体の知れぬしがないユダヤ男と結婚させる必要もなかった。非常に小柄な体をこわばらせ、表情は険しく、かさかさの肌にサフランの香りと色をつけていた。大きな目が輝き、肺は癌に侵されていたが一種攻撃的なあきらめでそれに耐えていた。寒そうにスカンクの毛皮の襟巻をまとったリディ・サフロノフは、姪を見かけるとほんのわずかに顎を引いて冷ややかに会釈した。口をきっと結び、残酷で軽蔑的な光りに満ちた目をふっと逸《そ》らせた。時々彼女の隣に息子のマックスが坐っていた。まだ少年のようで、痩せて、高校の灰色の制服を着て帝国の鷲を印した制帽を被っていた。母親と同じように、ひ弱な長い首に乗った小さな頭を高々と掲げていた。傲然《ごうぜん》たる蝮《まむし》の仕草だった。横顔は繊細で、御者や馬の重厚な豪華さ、膝に掛けたイギリスの旅行用の毛布の上質さ同様、その繊細さを意識しているように見えた。眼差しは冷たく空ろだった。通りで彼等に出会うと、ローズ嬢はエレーヌをちょっと後ろに下がらせた。娘はすねたように頭を下げてお辞儀をした。少年はさっと挨拶して顔を背け、夫人は陽に金色に輝く柄つきの眼鏡越しに、憐れむように娘を見つめた。

だがこの日は一台の辻馬車がゆっくり窓下を通っただけだった。女が一人腰掛け、衣類の包みのように子どもの棺《ひつぎ》をしっかり抱えていた。庶民はこうして埋葬の出費を切り詰めた。女は平静な表情でひまわりの種を噛んでいた。多分、食べる口が減り、静かな夜に泣き喚く声が減ったことに満足して、笑みさえ浮かべていた。

突然扉が開き、エレーヌの父が入って来た。

びくっとしたベラはピアノの蓋をばたんと閉め、不安そうに夫を見た。彼がこんなに早い時間に工場から戻ることは決してなかった。生まれて初めて、エレーヌは一種引き攣《つ》って震える父の顔を見た。そげた頬の震えは、その後、彼女にとって男の顔に刻まれた敗北の徴《しるし》、来るべき災厄の兆しになった。実際この時も、年をとって病気になった時も、ボリス・カロルはこれ以外に苦しみを訴えるすべを知らなかった。

彼は客間の中に進み、躊躇《ためら》っているように見えた。そして、無理やり苦笑いを浮かべて言った。

「ベラ、わしは仕事を失った」

妻は叫んだ。

「何ですって?」

夫は肩をすくめ、さっと言った。

「聞いた通りさ」

「追っ払われたの?」

夫は唇をきっと結び、最後に言葉を吐き出した。

「その通り」

「でもなんで、なんでなのよ? あんた何をやったの?」

「何も」

しゃがれて疲れた声で彼は言った。噛み締めた歯の間から父が用心深く吐き出した短い溜息を聞いて、エレーヌは奇妙な憐れみを感じた。彼は一番手近にあった椅子に坐り、背を屈め、腕をぶらつかせ、床を見て空ろに口笛を吹きながらじっとしていた。

激高したベラの叫び声が彼を飛び上がらせた。

「あんた、馬鹿よ！　くびですって！……何を言われたの？　いったい何を……？　私たちお終いじゃないの！」

母がしなやかにさっと腕をねじると、エレーヌはデッサンの宿題で模写しているメデューサの頭で鎌首をもたげる蛇の動きを思い出した。ひきつった奇麗な口から悪態、嗚咽、呪いが溢れ出た。

「何をやらかしたの？　ボリス！　あんた私に隠す権利なんてないでしょうが。あんたには家族が、子どもがいるのよ！　理由もなく追っ払われることなんてないでしょ！　相場に手を出したの？……ああ！　きっとそうね！　でも白状なさい、白状なさいってば！　違う？　じゃ、博打ですったの？……さあ言って、白状なさい、せめて何か言いなさいよ！　ああ！　あんた私を殺す気ね！」

エレーヌは開いた扉から滑り出た。自分の部屋に戻って床に坐った。短い人生であんまりたくさん喧嘩の声を聞いていたので、殊更《ことさら》動揺しなかった……二人は叫んでいた。それから声が途絶えた……その間、娘の胸は重く締めつけられていた。

また声が聞こえた。

「社長に呼ばれてな。君が知りたがるから言うんだが、ベラ、社長がわしに話したのは君のことだ。待て。彼はわしに君の浪費は酷過《ひど》ぎると言ったんだ。待ちなさい。後でしゃべらせてやるから。君の衣装、外国旅行、わしの給料じゃそんなもん払えんと、彼は言ったんだ。わしの手の届く所に金庫を置いときゃ誘惑にかられる。そうはさせたくないと言うのさ。わしは一銭でも消えたか、と聞いたよ。彼は言ったさ。〝消えちゃいない。だが、生き方を変えん限り、必ずそうなる〟とな。思い出してごらん、ベラ、わしは君に注意したな。新しいドレスや毛皮を買う度に、パリに行く度にわしは繰り返したじゃないか。〝用心しろ。わしらは小さな街に住んでるんだ。噂になるぞ。泥棒呼ばわりされちまうぞ〟と。社長はモスクワに住んでる。当然わしを信頼したいんだが、その信頼が持てんのだ。わしだって彼の立場にいたら、同じようにしただろう。わしは何にも君を拒むことができん。女の涙、金切り声はたまらん。君に好き勝手にやらせた方がましだ。意気地なし、泥棒、腑抜け亭主と言われてもな。結局また誰かに疑われるんだ……だが、黙れ、黙れ」

彼はいきなり怒鳴り声を上げ、荒っぽく、野蛮な声がベラの声に被さった。

「黙れ。君の言うことぐらいとっくに分かってるぞ！　ああ、君を信じるさ！　何にも言うな！　わしは何にも知りたかないんだ！　君はわしの女房だ！　女房、子ども、屋敷……結局わしにはそれしかない！　とにかく君を守らにゃならんのだ」

彼の声は小さくなった。

「でもボリス、それ何のこと？……自分の言葉が分かってるの？　ボリス、あんた……」

「黙れ！……」

「私の人生は澄み切って……」

「黙れ！」

「ああ！　あんたもう、私を愛してないのね。何年か前だったら、そんなこと絶対言わなかったはずよ！　思い出しなさいよ！　私はサフロノフの出。誰だって望む人と結婚できたんだから！　あんたの方から来たんじゃないの。私たちが結婚した時の騒動、思い出しなさい！　私、どれだけ言われたかしら。〝あなたが！　あんな出も知れないしがないユダヤ人と結婚ですって。どこをほっつき歩いたか知れたもんじゃないし、家族さえ分からないじゃないの〟あんたのことよ。でも、私、あんたを愛したわ、ボリス」

「君は一文なしだった。で、君の素敵なお友達はみんな財産を望んでいたな」

彼は苦々しく言った。

「君の父母を養い、住まわせてるのはこのわしだぞ。出も知れぬしがないユダヤ人のな。あのどうにもならんサフロノフ家の連中のパンはわしが払ってるんだ。わし、このわしが！」

「でも、私、あんたを愛した、ボリス、愛していたの。私、あんたを愛してる！　私、あんたに忠実よ、私は……」

「たくさんだ！　そんな話しは聞きたかない。そんなこた関係ないんだ！　君はわしの女房で、女房なら信じなきゃならん！　でなきゃ自分のもんなんかない、何一つ、何一つな」

彼は絶望的に繰り返した。

「もうその話しは止めだ、何にも言うな、ベラ」

「あのやきもち女どもだわ。私たちの周りのねたみ深い年増女どもよ。私が幸せなのが許せないの！　あいつら、私が幸せなのを知ってるんだから！　あんたみたいな夫がいて、若くて、好かれてるのが許せないんだわ！……全ての原因はあいつらよ！」

「そうかも知れん」カロルは弱々しく言った。

その元気ない声を聞いたとたん、彼女はわっと泣き咽んだ。

「あんたがそんな厳しい、そんな酷いことを私に言うなんて……私、絶対あんたを許さないから！あんたを喜ばせるためなら何でもするのに……結局、私にはこの世にあんたしかいない。あんたに私しかいないように！」

「そんなこと言って何になる？」

カロルは恥ずかしげに、苦しく疲れた声で繰り返した。

「わしが君を愛しているのは、分かってるな」

扉は閉まっていても、言葉は全部エレーヌの耳に届いた。だが、娘は何も聞いていない様子だった。木の兵隊たちのために、古い本で要塞を作っていた。お祖母さんが音もなく部屋を横切った。溜息をつき、老いた顔に涙が伝っていたが、エレーヌは気にしなかった。お祖母さんは絶えず泣いていたし、いつでも目は赤く、唇は震えていた。エレーヌは黙って裁縫をしているローズ嬢の方にいたずらっぽい目を向けた。

「怒鳴ってるわ……聞こえるでしょ？……何があったの？」

ローズ嬢は初め何も答えず、唇を結んで、膝に乗せた折り返しの縁に爪を強く押し当てた。最後に彼女は言った。

「聞いちゃいけないわ、リリ」

「聞いてないけど、聞こえてきちゃうの」

「あのいやらしい女ども」ベラが涙ながらに叫んでいた。

「太って醜い年増女どもは、私のパリのドレスや帽子が許せないのよ。あいつら、みんな愛人がいるのよ。あんなのによ、あんた知ってるでしょ、ボリス。私を追っかけて、私に振られた男ども……」

「腹這いはお止めなさい」ローズ嬢は言った。

二人の喧嘩は、もっと炸裂するための力を取り戻すような、唐突な凪《なぎ》の瞬間で途切れた。両親が黙った時、台所の奥でアイロンをかける使用人たちの歌が聞こえ、エレーヌは普段よりも一層鋭く、奇妙に輝かしい夜の静けさが感じられるような気がした。だが、一番興味があるのは要塞だった。愛情をこめて木の兵隊たちを動かした。兵隊たちは犬に齧られ、赤い軍服がエレーヌの指とドレスをべたべた汚した。少女にとっては皇帝を護衛する精鋭たち、ナポレオンの近衛兵たちだった。少女は巻き毛が床を払うほど、古い床の埃っぽい饐《す》えた臭いを鼻腔に感じるほど顔を伏せた。ページを開いた大きな本で、崩れ落ちた岩の間に軍隊が潜む暗く威嚇的な砦、山間の隘路を造った。門には二人見張り番を置いた。少女は残った本を素早く一つ一つひっくり返し、お気に入りで殆ど暗記している〝セ、ン、ト、へ、レ、ナ回想録〟を心の中で読み上げた。ローズ嬢は最後の日差しで裁縫ができるように、窓の近くに坐っていた。隣の部屋からは母の涙としゃっくりと嗚咽と呪いが娘に届いてくるのに、屋上でモリバトがのどかにくうくう鳴いている世界は、なんと静かに眠っているように見えたことか……エレーヌは立ち上がってドレスの襟ぐりに手を当てた。〝元帥、将校、下士官、兵士諸君……〟彼女は死屍《しし》累々《るいるい》のヴァグラム*の戦場に立っていた。軍馬に荒された黄色い草原を描けるほど、しっかりそれを想像した。血と栄光の夢で固まった少女は身動きしなかった。大きな口を半ば開け、下唇を垂らし、乱れた髪の毛が汗の滲む額にかかった。扁桃腺が痛んで呼吸が苦しかったが、口からぜいぜい吐き出す息は、少女の思いの奥底でリズムを刻んでいた。夕陽に染まった緑の小丘を存分に思い描いた。少女はこの時、皇帝であり（唇を素早く動かしたが声は出なかった。だが、少女は心の中で言った。〝兵士諸君、諸君は不朽の栄光に包まれている！〟）、同時に、フランス国旗の黄金の縁飾りに唇を当てて死んでゆく若い中尉だった。刺し貫かれた胸から血がとめどなく流れた。少女は思わず、洋服箪笥の鏡の中に八歳の小娘を見た。青いドレス、大きな白い上着を着て、内面の激しさに蒼ざめ呆然とした顔、インクの滲みついた指、麻の靴下と大きな黄色い編み上げブーツを履いた強く頑丈そうな足をしていた。密かな夢をもっとうまく隠そうと、それでも見破れる者をもっとうまくはぐらかそうと、少女は唇を閉じたまま口ずさんだ。

＊ Wagram　ウィーン近郊、ドナウ川北岸の町。一八〇九年、皇帝ナポレオン率いるフランス軍とカール大公率いるオーストリア軍の戦闘が行われた。フランス軍の勝利に終わる。

小さなお船がありました……


外で、女が一人中庭の低い壁にもたれて叫んだ。

「ふん！　いい年して女を追っかけまわして恥ずかしかないかい？　この老いぼれが」

遠くから、夕暮れの澄んだ空気を通して修道院の鐘が深く、重く響いてきた。

……全、全、全然、航海しない……

兵士たちは出撃した。真っ赤な空、打ち鳴らす太鼓。

〝家に帰ったら……子どもたちがあなたのことを言うでしょう……この人はナポレオン軍の兵士だった……〟

「私たちどうなるの？　ボリス。どうなっちゃうの？」

低くて疲れた父の声。

「いや、なんだってそう嘆く？　これまで君は何か不自由したか？　わしが暮らしに困ると思うか？　わしは君の親父みたいな甲斐性《かいしょう》なしじゃない。働けるようになってから、いつだって誰にも何にも頼らずに生きてきたんだ……」

「私、最高に不幸な女だわ！」

今度は、不思議とこの言葉がエレーヌを貫き、少女の心を苦い怨念で満たした。

〝いっつも大騒ぎせずにいられないのよ、この女は〟少女はそう思った。

「不幸だと、本当に」

カロルは叫んだ。

「じゃわしは？　君はわしが幸せだと思うか？　このわしが。ああ！　結婚した日になんで頭をぶち割らなかったんだ？　わしは静かな家庭、一人の子どもが欲しかった。で、わしには君と君の金切り声だけ、一人の息子さえいないんだ」

〝ああ！　たくさん〟エレーヌは思った。〝長引きすぎるわ、この喧嘩。いつもより激しいし真剣〟

少女は兵隊たちを足で蹴散らし、家具の下に転がした。

だが、こそこそして陰険な母の声が聞こえた。カロルが怒鳴る番になると、普段彼女は黙るか、めそめそするだけだった。

「まあ、怒らないで……何もあんたを責めないわ……喧嘩するより……考えましょ……あんた、何をやるの？」

二人の声は小さくなって何も聞こえなかった。

壁に寄りかかった女は今度は笑いながら逃げた。

「老いぼれすぎよ、あんた、老いぼれすぎ……」

エレーヌはローズ嬢に近寄り、何げなく彼女の縫い物を引き寄せた。

ローズ嬢は溜息をつきながら、エレーヌの髪から額に落ちた黒いリボン飾りを持ち上げた。

「あなたなんて熱いの、リリ……今は静かにしてましょ。もう本も読まないで。あんまり読みすぎよ。モザイクか棒抜きで遊びましょ……」

使用人がランプを持ってきた。扉と窓を閉めると、少女と養育係りの周りは、束の間、貝殻のように閉じて優しく、少女のように傷つきやすい小宇宙に変わった。

3

ローズ嬢はほっそりしていた。繊細な優しい顔立ちをして、若い頃はかなり優美で快活で美しかったに違いないが、今は皺が寄り、くたびれ、痩せてしまっていた。小さな唇には三十を過ぎた女の苦《にが》さと苦しみの皺が刻まれていた。南仏女性特有の黒く生き生きとした美しい目をして、煙のようにふわっとした栗色の髪が当世風にきれいな額の周りを後光のように包んでいた。肌は滑らかで上質な石鹸と菫《すみれ》油の香りがした。黒いビロードの細いリボンを首に巻き、白い亜麻布か黒いウールの半袖シャツ、タイトスカート、ボタンの着いた先が長細いハーフブーツを身につけていた。ブーツは彼女の小さな丸い足には余るので、古い銀のバックルを飾ったスエードのバンドで締めつけていた。彼女は穏やかで賢く、気配りと分別に溢れていた。このてんでんばらばらの家、がさつな国、それに激しくて一風変わったエレーヌの性格は彼女を不安にし、悲しませた。それでも、長い歳月、彼女は無邪気な快活さを持ち続けていた。エレーヌには彼女しかこの世に好きな人がいなかった。夕暮れ時、ランプが灯されるとエレーヌは小さな机の前に坐って絵を描いたり破いたりした。その間、ローズ嬢は自分の子ども時代、姉妹たちや弟、自分たちの遊びや自分が育った聖ウルスラ修道院の話しをした。

「小さな頃はロゼットって呼ばれていたのよ……」

「お利口さんだったの?」

「いっつもじゃなかったけどね」

「私よりお利口？」

「あなたはとってもお利口よ、エレーヌ、そうじゃない時もあるけど。そんな時は悪魔があなたの中にいるんでしょ」

「私、頭がいいかしら？」

「そうね、でもあなたは自分を本当以上に頭がいいと思っているわね。それでね、リリ、頭の良さって全てじゃないの……頭がいいからってあなたがもっと良くなるわけでも、もっと幸せになるわけでもないのよ。気立てが良くって勇気のある人にならなくちゃね。変わったことをやるためじゃないわよ。あなたはただ普通の女の子。神様のご意志を受け容れるためよ」

「ええ。ママって意地悪だわ。そう思わない？」

「何言ってるの、エレーヌ……あの方は意地悪じゃあないわ。だけど、ずうっと甘やかされてきたのよ。最初は自分のお母様に、それからあの方を凄く愛してるあなたのパパに、それに人生にもね。あの方は働いたことも、何かに従ったこともまるでない……さあ、私の画、描いてみて……」

「描けないわ。歌ってよ、ねえお願い、ローズさん」

「私の歌ならみんな知ってるじゃない」

「構わないわ。歌って」

――諸君はアルザス、ロレーヌを奪った、それでも我ら、やっぱりフランス人。

ローズ嬢はしょっちゅう歌った。弱々しいが澄んだ声で、音程はしっかりしていた。彼女は歌った。

――マルブルーは戦争に行く、恋の喜びはひと時のもの　君のバルコニーの下で、僕は溜息、もうじき陽が昇る……

〝恋〟という言葉を発するとき、彼女自身時々溜息をついてエレーヌの髪に手を触れた。彼女は恋をしたことがあるのか？　恋人を失ったのか？　幸せだったのか？　どうしてロシアに来て、他人の子どもの世話などしているのか？　エレーヌには絶対分かるはずもなかった。小娘が思い切って尋ねることはできず、その後も自分が知っているただ一人ピュアでもの静かで欲望の穢《けが》れを知らぬ女性の思い出を、心の中でそのままにしておきたいと願った。ローズ嬢の目は汚れなく微笑《ほほえ》ましいものだけしか見たことがないように見えた。

一度、ローズ嬢は夢を見て大声を上げたことがある。

〝二十歳のとき、私、セーヌに身を投げたくなるくらい不幸だったの〟

ローズ嬢の目は深く一点を見据えていた。エレーヌは彼女が幻覚に入りこんで、過去の悲しい記憶を子どもにさえ、とりわけ子どもに語ってしまったように感じた。奇妙なざわざわした恥じらいが少女の心に溢れた。ローズ嬢の震える唇に自分が大嫌いな全ての言葉〝恋〟〝口づけ〟〝許婚《いいなずけ》〟……を微かに読み取った。

少女はいきなり椅子を押しやり、前後に体を揺らし、足で床を踏み鳴らしながら、大声を張り上げて歌い始めた。ローズ嬢は彼女を見た。驚きと悲しい諦めがその顔を掠めた。彼女は溜息をついて黙りこんだ。

「歌って、お願い、ローズさん。ラ・マルセイエーズを歌って。知ってるでしょ？　子どもたちのところ、〝僕らは自ら進み行く……〟ああ、どれだけフランス人になりたいかしら！」

「ごもっともね、リリ。それは世界で一番美しい国……」

ローズ嬢のおかげで、叫び声、罵声、飛んで砕け散るお皿の音の中で寝ていたエレーヌは、窓を閉じた暖かい部屋の中で風の音を聞くように遠くの嵐をやり過ごすことができた。ランプの下で裁縫をしているこのもの静かな女性の傍らに、自分の避難所があることを知っていた。

ベラの声が少女の耳まで届いてきた。

「娘さえいなきゃ、出て行くのに、すぐにあんたとおさらばしてやるのに！」

夫は散らかった家やテーブルに置かれたピンクの羽が飛び出している新しい帽子の箱、焦げついた肉、穴のあいたナプキンにしょっちゅう腹を立てたが、ベラは自分が良い主婦だなんて言った覚えはない、家庭も家事も大っ嫌いで、好むのは自分の快楽だけ、と言い放った。

「私はこの通り！　あんたは私をありのままにするっきゃないの」

ボリス・カロルは怒鳴り、それから黙った。実際、けんかはやっと肩に担ぎ上げた結婚の重荷が床に落ちて転がるようなもので、もう一度拾い集めようとして身を屈めるより、諦めて担いでいる方が簡単だった。それに彼はこの〝私、出て行く〟という脅迫を密かに恐れていた。男どもが妻に言い寄ること、妻が男好きすることを彼は知っていた……妻を愛していた。

〝神様〟眠りかけたエレーヌは、寝返りをうち、自分と一緒に大きくならないのにずっと取り替えてもらえない小さなベッドに長い足をぶつけ、サテンの布団の下で身を縮めながら思った。きれいな刺繍が入った布団はローズ嬢が常日ごろ繕《つくろ》ってくれていたが、綿がはみ出していた。

〝神様、あの人、とっとと出てって。もうこんな話し聞きたくない！　死んじゃえばいいのよ！〟毎晩、お祈り（〝神様、パパとママに健康をお与えください……〟）で、少女は母の名をローズ嬢の名に置き換えた。漠然とした凶暴な希望をこめて。

〝いったい何でこんな金切り声をあげて無駄な脅迫を？〟少女は思った。

〝何でしようもないことを言うの？……この女、ひどい。私の十字架だわ〟

自分に語りかける時、エレーヌは大人の言葉、自然に唇に浮かんでくる難しい大人びた言葉を使った。だが自分以外にそれを使ったら、大人の装いで散歩するような滑稽さを感じて赤面してしまうだろう。話しながら、少女は言葉をもっとシンプルで子どもっぽい苦手な言い方に移し変えなければならず、そのため一種のためらいが生じて言葉がすんなり出て来なかった。それが母親を苛立たせた。

「この子、時々馬鹿みたいに見えるわ。月から降ってきたみたい！」

眠っている時は慈悲深い眠りがエレーヌを本来の歳に戻してくれた。いきいきとした夢は胸いっぱい吐き出す楽しげな叫びに溢れていた。

しばらくしてカロル氏が出発すると静かな夜が戻った。彼はシベリアの樹林の中にある金鉱の支配人の職を見つけていた。それは彼が財産を築くきっかけになるはずだった。今、家はがらんとしていた。お祖母さんが一人家に残って音もなく部屋から部屋へと彷徨《さまよ》い歩いていた。彼女の夫と娘は夕食を終えるとすぐにそれぞれ出かけて行った。エレーヌは安らぎと活力のお湯に浸かるような、幼年期のうっとりするほど甘美な眠りに浸《ひた》った。目覚めると、部屋は陽光に輝いていた。ローズ嬢が模様が剥げ落ちた古い家具を拭いていた。彼女は衣服を守る小さな襞が入った黒いサテン地の上っ張りを着ていたが、もう念入りに身ごしらえして、髪を整えていた。ブラウスの襟を小さな黒いブローチで締め、コルセットを着け、外出用のハーフブーツを履いていた。決して髪は乱れず、だらしないバスローブや太ったロシア女が腰からぶら下げている不恰好なスカートなどとんでもなかった。彼女は几帳面できちんと行き届いていた。爪の先までフランス女性で、ちょっぴり〝よそよそしく〟て皮肉っぽかった。決して大げさなことは言わずキスもあまりしなかった。

〝私、あなたが好きかしら？　勿論ですとも。あなたがお利口さんの時にはね〟

けれども、彼女の生活はエレーヌのために明け暮れていた。エレーヌの巻き毛、作ってあげるドレス、見守る食事、お散歩、遊び。お説教は絶対にせず、一番シンプルで一番日常的な助言だけを与えた。

「エレーヌ、ソックスを履きながら読むのはおやめなさい。一つ一つにしましょ」

「エレーヌおかたづけなさい。きちんとした女性にならなきゃだめよ。身の回りのものをきちんとすれば、後々あなたの人生がきちんとなるの。そうすれば、あなたと一緒に暮らす人達もあなたを好きになるわよ」

こうして午前中が過ぎて行った。そして少しずつ昼食の時間が近づくにつれ、エレーヌの心は重くなった。エレーヌの巻き毛をブラシしながらローズ嬢は小声で言った。

「気をつけてね。食卓ではしゃべらないで。お母様、ご機嫌斜《なな》めだから」

カロル氏が出発してから大分時が経ち、エレーヌは父の顔を忘れ始め、彼がいた場所さえ正確には分からなくなっていた。娘は母親に委ねられていた。

エレーヌがどれだけ昼食を嫌ったか！……食事中、一体何度涙にくれたか……後になって、あの埃っぽく薄暗い食堂が記憶に甦るとすぐさま涙のしょっぱい味を感じた。涙は視界を曇らせ、頬を伝ってお皿にこぼれ、食べ物の味に混じった。肉にはずうっと塩辛い後味が残り、パンには苦味が滲みていた。

バルコニーに遮《さえぎ》られた冬のもの悲しい日差しは、食堂にあまり差しこんでこなかった。壁に釘で留められたまがいものの古い壁掛けを少女は何度、曇った涙の向こうに眺めたことか。少女は健気《けなげ》に涙をこらえたが、声はしゃがれて悲しく震えた……後々、遥《はる》かな幼少期の時間を思い出す度に、彼女は自分の心に昔の涙がこみあげるのを感じた。

「背筋を伸ばして……口を閉じて……さあ、私を見なさい。口は開いて唇は垂れ下がって、ひっぱたいてやりたいような顔つきね……この子、馬鹿みたい、まったくねえ！……気をつけなさい、コップをひっくり返すわよ！　ほらほら、私、何て言ったかしら？　……コップ、割れちゃったじゃないの……あら、今度は泣くの、ほんとにあんたは言い訳ばっかりするんだから！……まあ。見事なものね、私、もうエレーヌお嬢様の教育はやらないことにする。お望みなら百姓女みたいに食事しなさい。私、もう何にもしないから……母親がしゃべってるときは、顔を上げたくない？　面と向かって私を見たくない？……こんな子のために、自分を犠牲にするなんて、こんな子のために青春を、一番素敵な日々を葬《ほうむ》るなんて！……」

カロル夫人は娘に恨みをこめて言った。彼女は娘をヨーロッパ中連れ歩かなければならなかった。実際、そうしないとベルリンに着いたとたんにお祖母さんから〝帰って来て、子どもが病気〟などと取り乱した電報が届き、娘の風邪か咽頭炎のせいで前の晩胸をときめかせて見て回った空間を引き返させられるに違いなかった。子ども……子ども……あの連中はいっつもその言葉を口にする、夫も、親戚も、友達も。

「子どもの犠牲にならなきゃ……子どものことを考えろ、ベラ……」

一人の子ども、一つの生きた非難、一つの迷惑……この子は充分に面倒をみてもらったじゃないの……これ以上、何が必要? この子にとっても、後々若くってものの分かった母親がいる方がいいんじゃないの? 〝私の母ときたらめそめそ嘆いてばっかり……あんな方が良かった?……〟

彼女は陰気な家、年齢よりも年老いた一人の女を恨めしく思い出した。目を赤くして、繰言を言うことしか知らない。

〝お食べなさい。疲れないようにね。走っちゃだめよ……〟

弾んだ喜びや愛を悉《ことごと》く抑えつけ、若さを遠ざけ、たわごとを繰り返す老婆……

〝私、幸せじゃあなかった。今くらい勝手に楽しませて、誰にも害は加えないわ……年をとったら普通の老婆のようにする、日の長さを嘆いて……年をとったら賢く、大人しくなる〟彼女はそう言った。実際、老いは遠かった、まだ……

その間に、昼食は終わっていた。だがエレーヌにとって一番辛い仕事が残っていた。いつでも自分の燃える唇に冷たく感じるこの憎たらしい白い顔にキスしに行き、できれば爪を立てて〝ご免なさいね、ママ……〟と言ってやりたいあのほっぺたに結んだ口を当てなければならなかった。

自分の中で異様な誇りが震え、血を流すのを少女は感じた。子ども心の中にもっと年のいった魂が閉じこめられているようだった。侮辱されたその魂が痛み、苦しんでいた。

「ごめんなさいも言わないの、え？……ああ、あんた、もういいわ……口先で謝って欲しくなんかない。心から謝りなさいよ。とっとと行っちゃいなさい」

だが時折ベラを捕らえる気まぐれな母性愛が一方的に場面を終わらせた。

〝この子……結局、私にはこの子しかいない……男たちはあんなに身勝手だし……もう少ししたら、この子、私の友達、私の幼い道連れになる……〟

「さあ、エレーヌ、そんな顔しないで……そんなに根に持っちゃいけないわ……私が叱って、あなたは泣いた、それでお終い。もう忘れましょ……さあ、あなたのお母さんにキスして……」彼女はそう言った。

彼女は普通夕食にはいなかった。眠りに行く前にサフロノフ老人は薄暗いサロンをゆっくりと歩いた。冬の冷たい月だけがその姿を照らしていた。彼は足を引きずり、エレーヌの肩にもたれながら歩いた。冬も夏も胸に飾っている薔薇を指先で撫でた。閉じたピアノが月光の中で光っていた。同じ光が美しい老人の禿げ頭を卵のように光らせていた。彼はエレーヌにユーゴーの詩句を教え、シャトーブリアンの一文を読み聞かせた。或る言葉の連なり、荘重で憂鬱なリズムは、重々しく刻まれる老人の足取り、自分の肩に置かれた手の重みと分かち難く結びついてエレーヌの記憶に残るに違いない。その手は骨ばっていたが、まだ繊細できれいだった。

そして改めて長い一日が終わり——子どもの日々はとてもゆっくりと流れていく——少女は夜のお祈りをして眠りに就いた。夜遅く、扉がたたかれ、母の笑い声と彼女を家まで送ってきた将校の拍車の音が聞こえた。拍車の音は銀のファンファーレのように響き、エレーヌは音楽のように楽しんで聞いた。音は遠ざかり、少女は眠りに就いた。時々遠い過去の夢を見た。多分ローズ嬢がまだいない頃で、家政婦は少女を一人部屋に残して台所に飲みに行っていた。目を覚ました少女は不安に駆られて呼んだ。

「ローズさん、そこにいるの?」

一瞬の後、暗い部屋にほんのりと白い光、とてもゆったりとして長い寝巻き、白いキャミソール姿が現れた。

「ええ、ここにいるわよ」

「飲み物を頂戴、ねえ」

エレーヌは飲んで、むにゃむにゃ言いながら眠りかけてコップをいい加減に押しやった。だが、注意深い手がそれを受け止めてくれることを、少女は知っていた。

「あなたは……あなたはとっても私が好き?」

「そうよ。おやすみなさい」

キスはしなかった。エレーヌはキスが嫌いだった。行動でも声でも甘えるのが嫌いだった。エレーヌはそんなことを軽蔑した。だが自分を包んでいる暗闇の中で、少女はこの確かで暖かい言葉〝そうよ。おやすみなさい〟を聞く必要があった。

それ以上求めるものはなかった。少女は枕に息を吹きかけ、そうして暖めたところに安心して頬を当て、穏やかな忘却に沈んでいった。

4

エレーヌはローズ嬢と並んで歩いた。手を繋いだローズ嬢のマフ*から体中に広がる穏やかな温もりを楽しみながら。冬の三時だった。この季節はあっという間に夜になった。灯が灯った商店街は幻想的で神秘的でちょっと恐ろしく見えた。凧にきしむ錆びた長靴、お砂糖をこってりかけた金色の大きなパン、半分開いて暗い空の一隅を切り取りそうな大きな鋏の看板の下で、僅かばかり小さな明かりが揺らめいていた。戸口には氷柱《つらら》で服を光らせた守衛が坐っていた。舗道の両側の雪は人の背丈に積もり、こちんこちんに固まって街灯の炎で光っていた。

* manchon　夫人が両手を左右から差しこむ毛皮などで作った筒状の防寒具。

二人はグロスマン家に行くところだった。その家の娘たちはエレーヌの友達だった。しっかり安定した豊かなブルジョワ一家でカロル夫人を軽蔑していた。小間使いが扉を開けた。

隣の部屋で夫人が笑いながら話す声が聞こえた。

「あなたたち、全部一度には無理よ。おかしくなっちゃう。私、死んじゃうわ！」

子どもたちが楽しげに叫んだ。

「ママ！　ママ！」

鍵盤の端から端へ駆け巡る輝かしい音階のように、あらゆる調子でその声が高まり、それから男の声がした。

「さあ、君たち、お静かに、ママをそっとしておいておやり……」

エレーヌは目を伏せ、黙って立っていた。ローズ嬢が少女の手を取り、二人は一緒に中に入った。笑い声が静まった。サロンはカロル家と似ていた。同じ金の燭台、黒いピアノ、フラシ天のクッション。新婚旅行でパリに行った若い夫婦は皆同じ物を注文した。だがエレーヌにはこちらの方が自分の家よりきれいで楽しそうに見えた。部屋の真ん中の小さな花柄のソファーに一人の女性が横になっていた。

エレーヌが知っているグロスマン夫人だったが、こんな姿を見るのは初めてだった。ピンク色のリネンの真新しい化粧着姿で、子どもたちが腕に掴まっていた。太い葉巻をくわえた若禿げのご亭主がソファの端に立ち、妻の方に身を屈めていた。ひどく退屈そうな様子で、ぼんやりしてちょっと苛々した眼差しを足下の家族から扉まで彷徨《さまよ》わせていた。その扉から逃げ出せるものなら、多分彼は喜んで逃げ出していただろう。だがエレーヌは彼を見ていなかった。熱心に若い妻と三人の娘たち、せっかちな小さな手が引っ張る母親の乱れた黒髪を見詰めた。一番幼い娘は母親の腕の上で仰向けに寝そべり、母親の首にしがみついて子犬のように目の前の頬と首をもぐもぐ噛んでいた。

〝この人はお化粧していないわね〟エレーヌは苦々しく思った。

上の二人は母親の足下に坐っていた。一番上の娘は青白くひ弱そうでぶすっとしていた。耳の上で黒髪を三つ編みに巻いていた。だが二番目の娘はまるで食べられそうなピンク色のまるまるとしたほっぺたをしていた。キスしたら殆ど歯の中で果物みたいに溶けてしまいそうだった。

〝こんなきれいなほっぺたしてないわ、私は〟

エレーヌは思った。だが少女はグロスマン氏の顔を見てしまった。わざとらしくて引き攣った笑み、扉の方にじっと向けられた眼差し。

〝この人、うんざりしてる〟

少女は憎しみのこもった満足を感じた。時折、自分の魂の不思議な能力によって他人の思いを感じ、言い当てられるような気がした。

「エレーヌ、こんにちは」グロスマン夫人が優しく言った。

小柄で醜いが鳥のように活発で魅力のある女性だった。憐れむ調子が声を掠めた。

エレーヌは頭を下げた。コートが重くて息が苦しかった。自分の頭上を通過する言葉をぼんやりと聞いた。

「ナタリーのために襟の見本をお持ちしました……」

「まあ、ローズさん！　なんてご親切な……エレーヌはコートを脱いで、いいでしょ？　エレーヌ。ちょっと娘たちと遊んで……」

「ああ、だめです！　奥様、ありがとう。でも遅いから……」

「しようがないわね。じゃまた今度……」

ピンク色のランプが輝き、とても穏やかでとても暖かい光を放っていた……エレーヌはモスリンの裾飾りのついたふんわりとした化粧着を見た。三人の娘たちがその襞にまとわりついていた。皺にするのを怖がっていなかった。話しながら母親は三つの黒い頭を順番に撫でた。

〝この子たち、みっともない。この子たち、馬鹿よ〝エレーヌはひどく落ちこんで思った。〝あかんぼうみたいに母親のスカートにへばりついて、なんて恥かしい！……ナタリーなんて私より大きいくせに……〟

娘同士、黙ってお互いにらみ合った。エレーヌの不機嫌が分かってそれを嬉しがっているようなナタリーは、からかいの表情を浮かべ、太った顔を交互に化粧着の襞の中に隠したり出したりした。母親が自分を見ていないと思うと、ほっぺたを膨らませ、口を捻じ曲げ、舌を引っこめ、寄り目になってひどく変な顔を作った。グロスマン夫人の目が自分に落ちたとたん、天使のように頬がふっくらした穏やかな笑顔に戻った。エレーヌはまた話し声を聞いた。

「カロルさんは出発されて……もう二年になるんじゃありません？」

「金鉱を開発していらっしゃいます」ローズ嬢が答えた。

「シベリアですってねえ。なんて恐ろしい」

「あの方は不平をおっしゃいません。気候もあの方に向いていると思いますわ」

「二年もご不在で。娘さん可哀想ねえ……」

ローズ嬢はエレーヌの顔を自分に引き寄せて撫ぜていた。娘は乱暴に後ずさりした。人生で初めて、少女は見捨てられた自分が恥ずかしくなった。この人たちの目の前で養育係に撫ぜられたくなかった。

二人はおいとました。今度はエレーヌが先に歩いた。ローズ嬢が手を握る度に、煩《わずら》わしい首輪を嫌がる犬のように邪険に、頑《かたく》なにふりほどいた。道の角に来ると風が顔に切りつけ、涙がこぼれた。毛皮の裏地がついた大きな手袋の先で瞼と鼻をそっと拭《ぬぐ》った。手袋には少しずつ星のような氷がついていた。

「マフを口に当てなさい……背筋を伸ばしてね、エレーヌ……」

その言葉はそっとエレーヌの心に滑りこんだ。一瞬少女は胸を張ったが、すぐに俯いてしまった。初めて自分の人生、自分の家族について、いくらか筋道を立てて考えた。だが、それは自分自身の暮らしの中にある穏やかで安定した部分を熱心に捜すためだった。少女は空しい絶望に身を委ねる性質《たち》ではなかった。

〝私だって自分の部屋に坐って、ランプの下で……もうじきお家に帰る……小さな黄色い勉強机の前に坐って……〟

少女は身の丈にあった黄色い木の机、灯油ランプとその緑色の磁器の傘、自分の本に広がる乳白色の光を優しい気持ちで思い描いた。

〝いえ、本を読むのはよしましょ……本ってどれも不安に、不満にさせるから……満足してなきゃ、他の子たちのようにしてなきゃ……今夜は歯を磨く前に、一杯の牛乳、ジャムを塗ったパン、最後のチョコバー……見られないように枕の下に回想録を隠して……いえいえ、今夜は絵を切り抜いて、デッサンして……私、幸せだわ、私、幸せな少女でいたい〟

少女はそう思った。ポーチの下の凍てついた闇の塊、雪が溶けて涙のように流れる薄暗い窓は、少女の目に混ざり合い、波立つ暗い海になっていった。

5

もの心ついた頃、エレーヌは悲しく憂鬱に日曜日を迎えた。午後、ローズ嬢がフランス人の女友達の家に出かけてしまうと、エレーヌはたまらなく優しい老いたるお祖母さんの手に引き渡された。勉強をやってしまうと、退屈な時間を紛《まぎ》らすことがなかった。黄昏の光が照らす銀のさいころや整理ダンスの上の磁器のカップが立てる音に縁取られた穏やかな別世界に逃げこむことも許されなかった。日曜日、少女が本を開くととたんにお祖母さんは悲鳴をあげた。

「ああ、あなたは可愛い可愛い私の宝物ですよ。あなたのきれいなお目目がだめになってしまうじゃないの」

少女が遊んでいると

「そんなに屈《かが》んじゃだめよ。痛いでしょ。飛び上がっちゃだめよ。転んでしまうわ。ボールを壁にぶつけちゃだめよ。お祖父様のご迷惑ですよ。私のお膝にお坐りにいらっしゃい。私のお側にいらっしゃい……」

幼いエレーヌにはあんまり生気なく、あんまり鈍く思われた老婆の心は、それでもおろおろしながら熱く鼓動していた。老いた目はおずおずした希望をこめて子どもの顔に自分と似ているところ、思い出、遠い日の姿を探していた……

「ああ！ お祖母様、放して」エレーヌは言った。

エレーヌが離れると、お祖母さんは日がな一日やることがなかった。痩せた手を膝の上に組んだ。きれいな形をしていたが、年齢と家事で黒ずんでひび割れていた。アイロンをかけ、洗濯し、料理女につっけんどんにあしらわれることに、一種被虐的な快感を見出した彼女は時折、唐突に家事に熱中した。彼女の全人生に不幸と不運が刻みこまれていた。貧しさ、病《やまい》、大切な人の死を知っていた。騙《だま》され、裏切られていた。彼女は娘とその夫にやっと支えられていると思っていた。彼女自身は生まれつき老いて不安で疲れていた。そして周囲の者たちは生命力とがつがつした欲望に溢れていた。しかし何より彼女は先行きを悲観し、それに苛《さいな》まれているように見えた。将来を恐れるほど、過去を嘆く様子はなかった。彼女の悲嘆はエレーヌの胸を締めつけた。その不用意な言葉が、エレーヌに覚えがあり、魂の奥底で生きていると感じ、暗い遺産の一部のように思えるあらゆる恐怖を飛び立たせた。孤独の、死の、夜の恐怖。それにローズ嬢がこんなふうにある日出て行ってしまい、もう戻って来ないという恐ろしい不安。彼女は自分の友だちの母親たちが子どもを愛しげに見つめながらローズ嬢に言うのを何度も聞いていた。子どたちに分ってはならぬことをその前で言う時、彼女たちは見せかけの甘やかすような目で子どもたちを見つめる。

「もしお望みなら……私ども月五十ルーブル、それ以上だってお支払いしますわ。私このこと、主人に話しましたのよ。彼も大乗り気ですの。ローズさん、あなたご自分を犠牲になさってるわ。一体なんで？　子どもなんて恩知らずなものよ……」

人生は揺れ動き、不安定で、不確かだった。何も続かなかった。容赦ない激流が愛《いと》しい存在、平和な日々を遠くへ引きずり出し、永久に引き止めた。片隅で本を手にぽつんと黙って坐っていた少女は、突如、激しい不安に襲われて身を震わせた。地中に埋められた孤独を予感したような気がした。部屋が恐ろしい敵になった。ランプが照らす狭い輪の外側は、ただ暗闇だけが支配していた。暗闇はせり出し、エレーヌに這い寄った。影が少女に迫り、のしかかった。少女はやっとそれを押し退けた。泳ぐ人が腕で水をかき出すように。扉の下を抜けて来る一筋の薄い光線が少女の胸を凍りつかせた。夕方になったのに……ローズ嬢はいない……もうここにはずっといないかも知れない……

〝あの人、戻って来ない。いつか、姿を消して、二度と戻って来ない〟

誰も何も言わなかった。一度そうやって犬が死んだことを隠されたことがあった。泣かれるのをうるさがって〝病気よ。戻って来るわ……〟と誰かが言ったが、そうやって悲しみに、期待する苦しみまで付け加えてくれた。同じように、ローズ嬢が出て行く日も、誰も何も言わないかもしれない。食卓で、嘘つきどもの顔が少女を囲むかもしれない。

〝食べなさい。寝なさい。あの人、引き止められたのよ。帰って来るわ〟

見え透いた作り声がもう聞こえるようだった。少女は憎しみをこめて辺《あた》りを見回した。何もなかった。沈黙、どんよりした静けさ、それに巧妙に心をえぐり、苛《さいな》む恐れだけが少女の相棒だった。少女はこの苦しみを自分の血の中にしまいこみ、悪性の遺伝のようにそれに馴染まなければならなかった。自分のひ弱な骨に、自分の種族の多くの者たちが肩をすぼめ、蒼ざめてきた不安と恐怖の重みが丸ごとのしかかるような気がした。

ところが、十歳になると、少女はこの日曜日の孤独に悲しい魅力を見つけ始めた。宇宙の中の小さな黒い太陽さながら、独自のリズムで静かに自転する長い日々の異様な静けさが好きになった。

日差しが壁掛けの上をゆっくり上っていった。壁掛けは昔ワインレッドだったが、何回も夏を経て虫が食い色褪せ、今はピンク色になっていた。壁と天井の境目に達すると、日差しは金色の切片になってゆっくりと消え、天井だけが空を映して白く光りそうだった。

秋の初めの日々だった。空気は冷たく澄んで、耳を澄ますと大通りを通るアイスクリーム屋の鐘の音が聞こえた。中庭では八月の風で木々の葉が落ちていた。ここでは、八月はもう秋だった。木々は軽くなり、天辺《てっぺん》だけ日差しに照らされたピンク色の枯葉が震えていた。

一度、エレーヌは母の部屋に入った。少女はここに来るのが好きだった。こうやって母の秘密をもっとかぎつけ、こっそりくすねる暗い感覚を味わった。少女は母と、自分が知らない母の時間に興味を持ち始めた。母の時間は今や全て家の外で流れていた。少女は心の中で、母に対して奇妙な憎しみを育てていた。それは自分とともに成長するように思われた。憎しみには恋のように千の理由があり、何の理由もなかった。恋のようにこう言えた。

〝だってこの人だから、だって私だから〟

少女は入った。引き出しを開け、ガラスのアクセサリーをいじった。衣装戸棚の奥に乱雑に投げ捨てられたパリの品物だった。隣の部屋からお祖母さんが呼んだ。

「そこで何してるの？」

「着替えを探してるの」エレーヌは言った。

少女は絨毯の上に坐り、整理ダンスの奥で見つけたネグリジェを手に取った。

生地が何ヶ所も破れていた。多分強引にレースの肩紐を引っ張ったので、リボンは何本かの絹糸で繋がっているだけだった。奇妙な香りを漂《ただよ》わせていた。大嫌いな母の匂いと煙草の臭い、それにもっと豊かで強烈な香りが入り混じっていた。何の香りか分からず見当もつかなかったが、エレーヌは驚きと不快、一種ざわざわした恥じらいを感じながらそれを嗅いだ。

〝この匂い、大嫌い〟少女は思った。

少女は絹のあちこちにかわるがわる顔を近づけたり遠ざけたりした。琥珀の首飾りが引き出しの奥に投げ捨てられていた。少女はそれを取り、一瞬手で触った。それからもう一度ネグリジェを取り上げ目を閉じた。忘れてしまった思い出を取り戻そうとする時のように。だが駄目だった。何も思い出せなかった。しかし、少女の冷たい官能が自身の奥底で初めて目覚めた。恥ずかしさと皮肉な怨念が少女をかき乱した。少女は最後にネグリジェを丸め、壁に投げつけ、足で踏んづけ、それから立ち去った。だが匂いは少女の手と上着にこびりついてとれなかった。少女は眠りの中までそれを運び、匂いはそこで夢に入り混じった。遠い呼び声のように、音楽の音色のように、春のモリバトのしゃがれて苦しげな鳴き声のように。

6

マナッセ家の息子たちはエレーヌの友達だった。彼等は街でも人気《ひとけ》のない地区の庭に囲まれた木造の家に住んでいた。もう秋も深まっていた。ロシア人には災厄と同じくらい恐ろしい冷気から身を守るため、子どもたちは用心深く自分たちの部屋に閉じこめられた。エレーヌはこの年、日曜日になるとマナッセ家の子どもたちと遊びにやって来た。猛烈に体を動かして遊んだ。勉強部屋の窓から出て、客間のバルコニーを這って横切り、庭に一っ飛びで飛び降りる。庭にはもう初雪が降っていて、そこで古いケープを翻《ひるがえ》すとロマンチックな戦士の装いをした気分になり、小枝のサーベル、鞭を持って兵隊ごっこ、泥棒ごっこをやった。重くて湿っぽい雪球を顔にぶつけ合うと、まだ凍って固まらない雪球は腐った地面のつんとくる味、雨と秋の臭いがした。

マナッセ家の二人の幼い息子は金髪の青白く太った少年たちで、生気がなく従順だった。エレーヌは二人を納屋の片隅に枝と枯葉の掘っ立て小屋を建てに行かせ、自分はバルコニーの暗がりにうずくまって隠れたまま、外から黙ってマナッセ家の人達とその友人たちの言動を注意深く観察した。彼等はランプの下で静かにトランプをやっていたが、少女の想像の中では、アウステルリッツの戦い前夜のオーストリアとロシアの最高司令部だった。マナッセの息子たちは遠くに潜む素晴らしいナポレオン軍だった。兄弟が作った掘っ立て小屋は、その奪取が勝利を決する要塞だった。緑のテーブルを囲んで坐ったマナッセ家の人たちは、地図の上に身を屈めるオーストリアの参謀そのものだった。そして少女自身は雪と風と暗がりの中で、死を賭して戦線を越え敵軍の真っ只中に突入した若く勇敢な隊長だった。

この静かな街では、新聞も書物も猿轡《さるぐつわ》をはめられ、人々は会話の中で国の出来事に触れようともしなかった。一方、プライベートな事件も平和で安全なもので、当たり前のように水に流され、一時《いっとき》は世間で不倫とされても、夫も含めてそれぞれが尊重する第二の名誉ある結婚に変わった。人間の情熱はカードの中、激しいゲームの末に得たわずかな稼ぎの中に隠れていた。昼は短く夜は長かった。そうして人々は順番に人の家で好みのカードゲームをやって時を過ごした。

太ったマナッセ夫人はカバーを掛けた肱掛椅子に坐っていた。小麦粉のような顔色をして金色に染めた髪を巻き上げていた。豊かな胸がおなかの上にかぶり、おなか自体は膝の上にもたれていた。太ったほっぺたがゼリーみたいに震えた。眼鏡をかけ青白く冷たい手をした夫と、長い習慣でいつもいる愛人が彼女を両側から挟んでいた。夫より年上の愛人は禿げ頭で太っていた。長い腸詰のような形に髪を持ち上げた若い女が窓に面して坐っていた。彼女は絶えず煙草を吸いながらぺらぺらしゃべり、トランス中のデルフォイ神殿の巫女さながら鼻腔から香りの強い一筋の細い煙が洩れっぱなしになっていた。顔を上げて、ガラス窓に張りついた小さくて蒼ざめたエレーヌの顔に気づいたのは彼女だった。

マナッセ夫人は頭を振り非難をこめて言った。

「この季節、子どもは外に出ちゃだめって何回言ったかしらね!……」

そして窓を半分開けた。エレーヌは開いたところから身を滑らせ、部屋の中に飛び降りた。

「奥さん、息子さんたちを叱らないで。あの子たちは背《そむ》くのをいやがって自分たちの部屋に残ってたんです」

彼女は無邪気な光る目でマナッセ夫人を見上げて言った。

「私は着こんでいるから、寒さは平気です」

「あの子たち!」マナッセ夫人は言った。

だが自分の子どもたちが安全なことが分かったとたんに笑みを浮かべ、アーモンドの石鹸の匂いのする手でエレーヌの巻き毛を持ち上げた。

「なんてきれいな髪でしょ！……」

しかしベラ・カロルの娘にそれを認めるのは彼女には実際あまりにも難しく、口元をきっと引き締めた。唇からはフルートの音色のような優しい音だけが洩れた。

「自然の巻き毛じゃないんじゃなくて？」

〝ま、意地悪〟エレーヌは思った。

「お父様、今度、ペテルブルクにお住まいになるの？」

「私、知りません、奥さん」

「この子、フランス語がなんて上手なんでしょう！」マナッセ夫人は言った。

彼女はエレーヌの巻き毛を優しく撫で続けた。白くふっくらした手で抑えると、巻き毛が素直になった。彼女は自分の手を時折宙に上げて軽く振った。血管に沿って血を下ろし肌を白く保つためだった。彼女はエレーヌの耳を隠している髪の毛を払いのけ、耳が小さくて形の良いことを確かめて後悔の溜息をついてから、巻き毛を丹念にこめかみの上に戻した。

「あなた、素晴らしいと思わない？　この奇麗な発音……ローズさんはパリジェンヌですものね。一目で分かるわ。趣味がいいし、妖精みたいに手先が器用……あなたのお母さんは運がいいわ。ところで、あなた、お父さんがペテルブルクにお住まいになるの、知らなかった？……あなただって当然一緒よね。お母さん何も言わなかった？」

「いいえ、奥さん……まだ……」

「あの人、久しぶりにお父さんに会えたら嬉しいでしょうね……ああ！　どんなに楽しみに……もし私が主人と離れなきゃならなかったら……そんなこと考えてもみないけど」

マナッセ夫人は思いをこめて言った。

「でも、人それぞれね、幸いなことに……二年よね、違う？　お父さんが発たれて二年経ってるでしょ？」

「そうです、奥さん」

「二年ねえ……まだお父さん覚えてるでしょ？」

「ええ！　覚えてます、奥さん」

少女は父を覚えていたか？　〝勿論よ〟とエレーヌは思った。父を思うと胸が膨らんだ。かつて夕暮れ時、自分の部屋に入ってきた時の姿を思い浮かべながら……

〝でも、あの人のことを思うの、これが初めてだわ。あの人が発ってから〟

エレーヌは思った。愛《いと》しさと後悔で胸がいっぱいになった。

マナッセ夫人が尋ねた。

「お母さんは退屈なさらないんじゃない？」

エレーヌは自分を囲んだ面々を冷ややかに眺めた。皆がつがつした興味で顔が引き攣っていた。若い女の鼻腔がかすかに震え、青い煙の輪を吐き出した。男たちは薄ら笑いを浮かべて目くばせした。

〝ふん〟と洩らしたり、節くれだって干からびた指の先でテーブルを軽く叩いたり、エレーヌに同情と皮肉の混ざった眼差しを投げたり、溜息をついたり、肩をすくめたりした。

「ええ、退屈していません……」

「ほう！　ほう！」男たちの一人が笑いながら言った。

「真実は子どもの口から出るもんだ。人も言うようにな。お嬢さん、わしはあの人があんたの年にもならん頃から知ってたんだ」

「あなたは羽振りが良かった頃のサフロノフご老人も知ってたんでしょ？」

マナッセ夫人が尋ねた。

「私がここに来た時は、もうお年だったけど」

「知ってたさ。ありゃあ財産を三人分使い果たした人だ。母親の財産、妻の財産、それに娘の財産を。娘にはサフロノフ老夫人の父親から残された金があった。三人分の財産だぜ……」

「自分のは勘定に入れないででしょ……」

「あの人は一文だって持っちゃいなかった。だが結構な暮らしをする妨げにゃならなかったなあ、確かに。ベラと言やあ、わしが知った頃は女生徒だった……」

エレーヌは子どもだった母の姿を心中思い浮かべた。櫛を刺して髪の毛を持ち上げた丸顔の大柄な少女。だがエレーヌはそのイメージを遠くに追い払った。恐れ、忌み嫌っている自分の母が人並みの少女で、両親を非難する権利さえあったとは。それはエレーヌがずっと心中密かに作ってきたひたすら残酷な姿とあまりにもかけ離れていた。

マナッセ夫人が呟いた。

「この子、きれいな目をしてるわ」

「父親に似てるな。それについちゃ何も言えん！」誰かが残念そうに言った。

「まあ！……」

「ほう、ほう！　そんなこともあるさ……だが、わしはいつでもチャンスのあった奴を知ってるぞ……」

「イワン・イワニッチ、お口が悪いわね、お黙りなさい！」マナッセ夫人は笑って言いながら、エレーヌに視線を流した。その目はこう語っていた。

〝子どもだって分かるわ……子どもに罪はないでしょうに……〟

「あなた、いくつになるの？　エレーヌ」

「十歳です……奥さん……」

「いいお年頃ね……お母さんはきっともうじき結婚を考え始めるわ」

「彼女は苦労するまい。何があったか、知ってるだろ。カロルはもうじき億万長者になるんだ」

「大げさにしないで！」

マナッセ夫人は言った。言葉を発するのが突然辛そうになった。まるでそれが口に擦り傷をつけるように。

「一山《ひとやま》当てたっていうんでしょ。新しい金鉱を見つけたって言い張る人がいるわ。ま、一番あってもおかしくない話だと思うけど。古い鉱山の採掘を改良したっていう人もいる。そうかも知れないわね。私、その辺何も分かんないわ。男が財産を作るにはいっぱい手があるのね……抜け目なくやれば……だけど皆さん、どうあれさっと掴んだお金はさっと使っちゃうもんよ。世界を駆けずり回るのが財産をつくる一番いい方法とは限らないしね。だけどね、私、ほんとに何でもいいからあの人の商売繁盛を願ってるの。気の毒な人ですもの……」

「知ってるだろ、どんな運だって言われてるか……」

「まあ、まあ、およしなさい……婆さんみたいな陰口は。人をとやかく言いなさんな、そうすりゃ何も言われないから」

マナッセ夫人は言った。彼女は自分の胸にエレーヌを引き寄せてキスした。熱く、重苦しく、震える胸の間に沈みこんでいくようで、エレーヌは嫌悪を感じた。

「もう遊びに行っていいですか？　奥さん」

「勿論、勿論よ、エレーヌ、早く遊びに行きなさい。ここにいる時は思いっきり楽しんで、可愛い子ね……なんていいご挨拶かしら……この子、素敵よね……」

エレーヌは庭に駆け戻った。少年たちは歓声を上げ、てんでんばらばらに体を動かし、おどけた顔をして少女を迎え入れた。お休みの日の最後に、楽しさと疲れのあまり浮かべる顔だった。少女はさっと言った。

「進め！　右に！　戦闘体制！」

少女は棒を肩に乗せ、長いケープを後ろに翻した。早くもやってきた夜の中で、秋の乾いた粉雪が白く光りながら降りかかった。轍《わだち》の中、茂みの下を重苦しく、呻くように息を切らしながら歩む少年たちを少女は引っ張った。風、きつい匂い、湿った空気を心地よく味わいながら。

だが、少女の心の中は重く、複雑で異様で訳の分からない苦しみでいっぱいだった。

7

夏、暑さが収まるとエレーヌは公園に遊びに出かけた。埃に霞む空気は馬糞と薔薇の臭いがした。大通りを横切ったとたん、街の物音が消えた。道に沿って公園、古い野生の菩提樹が並び、家々は小道の奥にあって殆ど見えなかった。時折、木枝の間から小さな教会のピンク色の壁、金色の鐘楼が見えた。車は全く通らず、通行人も僅かだった。落ち葉が足音をかき消した。エレーヌは嬉しくなって息せき切って駆け出しては、散歩する子どもや犬が何回となく行ったり来たりするように、ローズ嬢のところに戻った。少女は自分が自由で、気分良く、強いと思った。三重のフリルがついたイギリスの刺繍入りの白いドレスを着ていた。モアレのベルトを締め、糊のきいたモスリンのペチコートに大きく開いた繊細な蝶結びのリボンを二本のピンでしっかり留めていた。レースの入った大きな麦藁帽、髪には白いリボン飾り、ニスを塗ったパンプス、黒い絹の靴下の装いだった。それでも、少女は走り、跳びはね、一つ一つベンチに乗り、跳び下りて緑の葉を踏みしだいた。するとローズ嬢が言った。

「服が破れちゃうわ、リリ……」

だが少女は聞かなかった。少女は十歳。一種酔うような充実感が溢れ、生きていることの厳しく苦い幸福を感じていた。

公園の向かいには短い坂道が開け、舗道の埃の中で日除けの白いハンカチを髪に被った裸足のお婆さんたちがしゃがみこんでいちごや瑞々しい薔薇を売っていた。水をはったバケツの中には緑色の硬くて小さなりんごが漬かっていた。

時々道に沿って行列が通った。ドニエプル川の有名な修道院を訪ねにきた巡礼たちだった。垢と傷のひどい臭いが先にきて、それから彼等が賛美歌を大声で歌いながら歩き、もうもうたる黄塵がその後を追った。菩提樹のうっすらと透明な花が、帽子を被らぬ彼らの頭上に降り、ぼうぼうに生やした髭にかかった。でっぷりして黒く真っ直ぐな髪を長く伸ばした司教たちは、腕に金色のずっしりしたイコンを抱え、イコンは明るい日差しの中で炎の輝きを放った。埃、軍楽隊の音楽、巡礼たちの叫び、空気中を飛ぶひまわりの種、それらの全てがうっとりするような荒々しい祭りの雰囲気を醸し出し、エレーヌを酔わせ、魅了し、ちょっと胸をむかつかせた。

「早くいらっしゃい！」ローズ嬢が少女の手をとって引っ張りながら言った。

「あの人たち、汚いの……ありとあらゆる病気を運んでくるのよ……さ、いらっしゃい、エレーヌ……」

毎年同じ季節、巡礼が来ると直ぐに疫病が街に蔓延し、子どもたちが重病に罹《かか》った。前の年にはグロスマン家の長女が死んでいた。

エレーヌは言うことを聞いて、前に走った。それでもドニエプル川の方に遠ざかっていく歌声はずうっと風に運ばれて聞こえてきた。

公園では軍楽隊が演奏していた。金管楽器と太鼓のファンファーレが激しく鳴り響き、男子学生たちは輪になって噴水の周りを右から左にゆっくりと回り、腕を取り合った女生徒たちは反対方向に回った。群集の頭上高く、皇帝ニコライ一世の像が強烈な日差しを鷹揚《おうよう》に受けとめ、振り撒いていた。男子学生と女生徒たちは微笑みながら小声で話し、すれ違いざまに花や短い手紙や約束を交し合った。恋、欲望や媚態の駆引き、そんなものは皆少女の頭上を素通りした。知らなかったのではなく、少女は〝それ〟に興味がなかった。少女は心の中で〝それ〟と呼んで馬鹿にしていた。

〝ウインクしたり、くすくす笑ったり、きゃあきゃあ言ったりして、馬鹿みたい！〟

遊んで、駆けっこするのがいいわ……髪が顔を叩いて、ほっぺたが二つの炎みたいに燃えて、胸の奥までどきどきして、それに較べられる快感ってあるかしら？　息が切れて、周りの公園がぐるぐる回って、思わず大きな叫び声が出て、いったいどんな喜びがそれにとって代われるかしら？

もっと速く、とにかくもっと速く……散歩する人の長い足にぶつかって、噴水の縁を滑って、冷たくて柔らかい草の中に倒れこんで……

薄暗い小道に行くのは禁じられていた。そこでは暗がりの中のベンチでカップルたちがキスを交していた。けれども、エレーヌと遊び仲間の少年たちは駆けっこをして結局いつもそこに行き着いてしまった。しかし子どもたちは無関心な目で、見るともなく、二人の青白い顔を眺めた。顔はお互いに貼りつき、優しく震える二つの口で繋がっていた。

十歳の夏の或る日、エレーヌはレースのフリルを鉄柵の先端で破いてしまい、小道に飛び降りて草の中に身を隠した。真向かいのベンチで恋人同士が愛撫を交していた。公園を満たしていた縁日のお祭りの音は、夕方になって静まっていた。もう遠くの優しいざわめきと噴水の音、鳥の声、押し殺した言葉しか聞こえなかった。日差しは楢と菩提樹の丸天井の下には射しこんでこなかった。仰向けに寝そべって、エレーヌは夕方六時の光が梢でかすかに震えるのを見た。燃える汗が顔を伝い風がそれを乾かした。少女の肌に爽やかで優しい感覚が残った。少女は目を閉じた。男の子たち、私を探せばいいんだわ……あの子たち、退屈よ……金色の透き通った羽虫が丈の高い草の先端に留まりながら飛んだ。羽虫が止まって動かなくなると、少女はどうにか飛び立ち、膨らんでいきなり蒼空に消えそうな二枚の羽の下からそっと息を吹きかけて楽しんだ。少女はそうやって自分が羽虫を飛びやすくしてあげたと思った。草の中に気持ち良く寝転がり、小さく熱い手のひらを草に押しつけ、匂いのする地面にけだるく頬を擦りつけた。鉄柵越しに、人気《ひとけ》のない広い道が見えた。石の上に坐った一匹の犬が傷口を舐め、呻いては大きく吠えた。鐘が穏やかにゆったりと鳴った。かなり時間が経って、巡礼から離れた集団が通った。だが疲れて歌も歌わず、裸足で音もなく埃を踏みながら進んで行った。抱えていたイコンのリボンが穏やかな大気の中で少しだけ揺らめいた。

ベンチの上で、街の女学校の制服を着た娘とポーランド人の弁護士の息子、ポスナンスキーが静かにキスしていた。娘は茶色の制服、黒い上っ張りを着て麦わらのカンカン帽を被りひっつめ髪を小さなおだんごに結っていた。

〝馬鹿ね〟エレーヌは思った。

エレーヌは巻き上げた黒髪の下の、キスされて真っ赤になったピンクの頬に皮肉な目を向けた。少年は勝ち誇ったように、帝国の鷲を飾った灰色の学帽を少女のうなじに投げ出した。

「君は馬鹿な先入観をもってる、トニア、そう言わせもらうよ」

彼はむらのある嗄《しゃが》れ声で言った。声変わりはしていたが、まだ時々こどもっぽく女のように優しい抑揚が掠める少年の声だった。

彼は言った。

「よかったらドニエプルの河岸に行こうよ、今夜は月も明るいし……どんなにいいか、君に分かったらなあ……草の上に大きな灯を灯して寝るんだ。ベッドの中と同じくらい気持ちいいぜ。鶯の歌も聞こえて……」

「まあ！　いやよ」ブラウスのボタンを外す手を軽く押し退けながら、小娘は顔を赤らめて呟いた。「私、絶対行かない……家で知られちゃったら……私、怖い、あなたに馬鹿にされたくないけど……あなたたちってみんな同じじね……」

「好きさ！」少年は言った。

彼は少女の顔を自分に引き寄せた。

〝あわれなおばかさん〟エレーヌは思った。

〝嫌だわ、お聞きするけど、何が嬉しくって、何が気持ちいいの？　ほっぺたを硬い金属ボタンに擦りつけて。胸にざらざらした制服、口にあの濡れた口を感じて。ああ嫌だわ……あの人たちが恋って呼ぶの、こんなこと？〟

少年のせっかちな手があんまりいきなり女生徒の黒い上っ張りの肩紐をひっぱったので生地が破れた。エレーヌはまだ育ちきっていない優しく白い二つの小さな乳房が露《あらわ》になるのを見た。恋人の指が飢《かつ》えたようにそれを掴んだ。

「まあ、なんて怖い！」少女は呟いた。

少女はさっと目を背け、静かに揺れている草の底に身を沈めた。夕暮れとともに風が立っていた。風は近くの河と周囲のいぐさ、葦の香りがした。一瞬、少女は月光の下、ゆっくり流れる河と河岸に灯された灯りを思い描いた。少女が百日咳に罹った年、医者に空気を変えることを勧められ、父は時折仕事を終えた夕暮れ時、少女を小船に乗せて漕ぎ出した。夜、小島の所々にある小さな白い修道院の一つに立ち寄ったこともあった。あれから随分時が経った……少女は何となく、あの頃の家は違っていたような気がした。もっと世間並みで、もっと〝自然〟で……他の言葉を捜したが見つからず、溜息をつきながら繰り返した。

〝……もっと自然……けんかはあったけど……今のようじゃなかった……みんながけんかして……今は、あの女が全然家にいないし……一体一晩中、どこをうろついてるの？〟

だがそう思いながら、少女は母が夜のドニエプル川、河岸の古い菩提樹の中で歌う鶯のことを時折語ったことを思い出した。

少女は口笛を吹き、草の上に落ちていた一本の枝を拾い上げ、ゆっくり樹皮を剥がした。

〝月明かりのドニエプル川、夜……恋、恋人たち、恋〟

少女は呟いた。ちょっと躊躇ってから、母が溜息まじりに口にしたフランスの恋愛詩の言葉を小さな声で唱えた。

〝Amant（恋人）……Un amant（一人の恋人）、そんなふうに言うのね……〟

だが少女は何か不安を感じ、更に自分の記憶の底にある別のものを探した……でも、戻らなきゃ。

初めてリラに散水機で水が注がれ、甘く強烈な香りが大気の中を上っていった。少女は起き上がって目を逸らしながらベンチの方に進んだ。

だが、小道の先端まで来ると、漠然とした嫌悪、恥ずかしさ、魅惑がこみ上げ、思わずじっと動かない恋人たちの方にちらりと目をやった。二人の静かなキスはあまりにも甘くあまりにも深く、痛烈な甘美さがエレーヌの胸を一瞬矢のように貫いた。少女は肩をすくめ老女のように寛大に思った。

〃お続けなさい、お楽しみならば……〃

少女は裸のふくらはぎが茨に当たって傷になるのも平気で、鉄柵を攀登《よじ》った。長い回り道をしてローズ嬢が襟に二箇所アイルランドの刺繍をしている小道に戻った。

二人は家路についた。エレーヌはローズ嬢の傍らを黙って俯いて歩いた。黄昏の中で、台座に乗ったニコライ一世の像、眠った街を威嚇するその茫洋とした顔がまだくっきりと見えた。だが通りには薄暗がり、匂い、囁き、眠たげな鳥の最後の囀《さえず》り、月を過《よ》ぎる薄っすらしたこうもりの影、ピンク色の丸い美しい月しかなかった……

この時間、家は空っぽだった……あの女はどこをうろついているのか……

お祖父さんはカフェフランソアのテラスでアイスクリームを食べていた。溜息混じりにパリのトリトーニカフェを回想した。香り高いアイスクリームは宵の口の暑さで溶けていた。読んでいるフランスの新聞がそよ風に楽しげな音を立てた。エレーヌは彼を知らなかった。だが、彼の方は親愛の念をこめて優しく少女のことを思っていた。世界に少女しか愛する者はいなかった……ベラはエゴイストで悪い母親……〃あいつの行状か、やれやれ、そりゃもうわしの知ったことじゃない……それにあいつはもっともだ、この世に恋より他にいいことなんぞないんだから……だがあの娘《こ》は……あれはとても賢い……あの娘は苦しむだろうな……もう分かっているし、察している……〟

ああ、しかたがない！　彼に何ができたか？　彼は口論、説教、諍《いさか》いを嫌った……

この年なら、そっとしておかれるのが相応《ふさわ》しい……それに金のことがあった、金。ベラの金ではなかったが、彼女はことあるごとに、老夫婦が生きていられるのは自分と夫のおかげだと分からせるすべを心得ていた……そしてその度に、同じように、彼が使い果たした財産を思い出させた……あいつめ……とはいえ、彼女は父を愛し、誇りにしていた。変わらぬ若さ、美しい服装、きれいなフランス語の発音……二人は十分うまく行っていた。お互いを煩《わずら》わせず、監視し合うこともなく……どうにかなるだろう。この先……あいつも年をとるし……世間並みの女になるかもしれん、噂話をしたり、カードをやったり、ひょっとしたら遅まきながら娘の優しい母親になるかも知れん。

どんなことだってあり得る……どんなこともさしたることはない……彼は最後のピスタチオのアイスクリームを注文し、星を眺めながらゆっくり味わった。

家ではお祖母さんが溜息をつきながら窓から窓へ行ったり来たりしていた。

〝エレーヌ……エレーヌが戻って来ない……今朝は雨が降って……でもローズさんはあの娘をフランス流に育ててるわ。フランス流にねえ〟

彼女は憎しみをこめて思った。子どもを吹きっさらしにするなんて、窓を開けっぱなしにして……

ああ！　彼女がどれだけローズ嬢を嫌っていたか。気弱だが根深い憎しみで心はいっぱいだった。

だが彼女はそれを心の中に隠し、こう言うだけだった。

「あの人たちは私たちみたいに子どもを愛することができないの。あの養育係りたち、あの異邦人たちは……」

エレーヌは黙々と歩いた。喉が渇いていた。自分の部屋の洗面台の隅で、古くて青いカップに注がれて自分を待っている冷えた牛乳の味を熱烈に思った。ごくごく飲むの、唇の間、喉の中に冷えて甘い牛乳が流れこむのを感じるの……少女は窓枠の向こうに光る月まで想像した。冷たい光が渇きを癒した快感を一層高めるかのように。そして突然、不意に、正に家の敷居の上で母の部屋で見つけたネグリジェに思い当たった。女生徒の黒い上っ張りのように破れていたネグリジェ……彼女は驚いて〝ああ〟と声を上げた。何かを発見した知的な満足に鋭い快感さえ感じながら。少女はローズ嬢の手を掴み、笑って言った。茶色い目がいたずらっぽく輝き、彼女をひたと見据えた。

「今、分かったわ。あの女には恋人がいるのね、そうでしょ?」

「お黙りなさい、お黙りなさい、エレーヌ」ローズ嬢は呟いた。

〝誰の話か直ぐ分かったじゃない〟とエレーヌは思った。

少女は鳥のような嬉しげな叫び声を上げ、歌いながら古い敷石の上を飛び跳ねた。

「恋人!……恋人!……あの女には恋人がいる!」

「ああ、私はなんて喉が渇いたんでしょ!」

少女は急に意気消沈して言った。自分の部屋にランプが灯るのが見えた。

「ああ! マドモアゼル・ローズ、親愛なるマドモアゼル・ローズ。私、なんでアイスクリーム食べさせてもらえないの?」

だが、もの思いに耽ったローズ嬢は何も答えなかった。

8

エレーヌの生活にも人並みに明るい港はあった。毎年、母とローズ嬢と一緒にフランスに戻った。パリをまた見るのが、どれだけ嬉しかったか！　少女はパリが大好きだった！　今、ボリス・カロルは金持ちになり、妻はパリではグランドテル（Grand-Hotel）に泊まっていた。だがエレーヌはノートルダム・ドゥ・ロレットの裏にあるみすぼらしく暗い小さな下宿屋で過ごした。エレーヌは成長し、母は自分の気に入った生活から娘をできるだけ遠ざける必要があった。カロル夫人はエレーヌとローズ嬢の宿代を出してやり、そうやって損得とモラルの要求を両立させた。それでも、エレーヌは完全に幸せだった。何ヶ月かの間、自分の年頃のフランス人の子どもたちに交じって暮らした。どれだけその子たちが羨ましかったか！　彼等を見ていると飽きなかった。このくすんだ静かな地区に生まれる、ここではどの家も似ていて……なんて夢のような……ここで生まれて大きくなる……パリの自分の家にいる……会わずにすむ……毎朝、私はブーローニュの森で母と会い、並んでアカシアの小道をゆっくり歩くのに。（この務めを果してしまうと、ベラ・カロルはやるべきことはやって、翌日の朝まで娘のことは考えずにすむと思っていた。重病にでも罹らない限り）アイルランド製の上着、水玉模様のベール、枯葉を掃うスカートで、当世風に〝霊柩車の馬〟みたいに仰々しく飾り立てて進む母親と会わずにすむ。小道の片隅では、葉巻のような顔色をしたアルゼンチンの男が待っていて……未だに完全に自分の家とは思えない未開の国に帰るために、五日も汽車に揺られることもない。なにしろ少女はフランス語がロシア語より上手で、髪は巻き毛を整えるだけで小さくてすべすべしたお下げには編まず、ドレスはパリ風の仕立てだった。せめてリオン駅の近くのあの小店の娘だったら。黒い上っ張りを着て、ラディッシュみたいな赤いほっぺたをして、母親に（違う母親だけど）〝母さん、一スーの方眼紙のノートはどこ？〟って聞ける。

あの娘になれたら……

〝エレーヌ、背筋を伸ばしなさい〟

〝ああ！　やだわ！〟

名前はジャンヌ・フルニエ、それともルールー・マッサール、それともアンリエット・デュラン、分かりやすくって、覚えやすくって……駄目ね、私は他の子とは違う。まるっきり。残念だわ！　とはいえ……少女の生活は他の子どもたちより豊かで充実していた。少女は多くのことを知っていた！　様々な所を見てきた。時々自分の体内に、混じり合わない二つの魂が共存しているような気がした。小娘でも〝経験〟という大人の言葉で苦もなく理解できる思い出をもういっぱい持っていた。時々それを思うと酔うような喜びが少女を捕らえた。夕方六時、赤茶けた黄昏時のパリを少女は歩いた。道々に光が溢れるとローズ嬢の手を取り、通りかかる顔を全部見て、それぞれの名前、過去、一人一人違う憎しみと愛を想像した。少女は誇らしく思った。

〝ロシアじゃあの連中、自分の国の言葉も分からないんじゃない。商人や御者や農民が考えてることだって知らないでしょ。こっちは知ってるのよ。そう、彼等のことだって分かってるんだから。彼等は私を押しのける。私のボールをぶんどる。自分たちじゃ〝手に負えないガキ〟だなんて思ってるけど、私の方がワルなの。小娘だって彼等が長くって退屈な人生で見たより、ずっと沢山のことを見てきたんだから〟

少女はそう思い、それからデパートのクリスマスのショーケースを見た。改めて憧れをこめてパリの一家庭、小さなアパルトマン、天井に吊るされた磁器の燭台が照らすクリスマスツリーを思い描いた。

そうするうちにも少女は成長していた。体は少女のがっしりした逞しさを失い、手足はか細く、顔色は青白く、顎は長細くなり、目はくぼんできた。頬のきれいなピンク色も消えた。

戦争の前年の冬、少女は十二歳になっていた。その時はニースに住んでいたが、そこに或る日、シベリアから戻った父がペテルブルクで一緒に暮らすために家族を連れ戻しにやって来た。

その年、ニースでエレーヌは初めて、侮蔑的な無関心とは違う思いで、ロマンチックな海の優しい音、イタリアの恋歌、〝恋人〟という言葉、〝恋〟という言葉を聞かずにいられなかった。夜はあまりに熱く、あまりに香《かぐわ》しかった。少女が突然目覚め、胸をどきどきさせて、震える両手で花づな模様の寝巻きの下の薄い胸を抱き締め、こんなふうに思う年頃だった。

〝十五、十六になったら……そうしたら、私、一人前の女になる……〟

ボリス・カロルは三月の或る朝、到着した。後々、娘の記憶の中で、父はいつもプラットホームの喧騒と煙の中にいたその日の顔で現れるに違いない。彼は一段と逞しく、顔は日焼けし唇が赤かった。

彼が少女の方に身を屈め少女がざらざらした彼の頬に口づけした時、少女は突然彼への愛情を感じた。胸をしめつけるような殆ど苦しく鋭い喜びが少女の胸に溢れた。少女はローズ嬢から離れ、父の手を取った。彼は少女に微笑んだ。笑うと知性と一種ちゃめっけのある快活さで顔が輝いた。少女は自分とよく似た日焼けしたきれいな手、硬い爪に優しく口づけした。すぐにまた出発した汽車のつんざくような悲しい汽笛の音が響き渡った。この後、娘の人生に父が束の間登場すると必ず伴奏されるテーマ曲のように。同時に少女の頭上で人間の言葉とは思えない会話が始まった。実際、そこでは数字が言葉にとって代わっていた。この時から死が父の唇を閉じる瞬間まで娘の周囲、娘の上でこんなふうに絶えず鳴り響くに違いなかった。

「百万だ、百万株……シェル銀行の株だぞ……ドゥビアスの株は二十五で買って、九十で売った……」

一人の娘が腰を振りながらゆっくり歩いた。銀色の魚でいっぱいの篭を頭に乗せて。

「ハガツオ！　おいしいハガツオ！」(Sardini! Belli sardini!)

甲高い声で i を海鳥の鳴き声のようにうるさく発音した。

「……わしははったぞ……あいつもはった……」

雇った馬車の鈴が静かに鳴り、馬が藁の袋を被せた大きな耳を振った。御者は花を噛んでいた。

「……勝った……やられた……とり返したぞ……金は、株は……」

「……胴、銀山、金鉱、リン酸肥料……何百万、何百万、何百万……」

その後、カロル氏は昼食をとり服を着替えると外出し、エレーヌは着いていくことを許された。二人は英国通りを横切った。二人とも黙っていた。何を話せただろう？　金と儲け話し、株、カロル氏が興味を持つのはそれだけでエレーヌは純真な乙女だった。少女は憧れの眼差しを彼に向けた。彼は少女に微笑みその頬をつねった。

「なあ、モンテカルロに食事に行くか？」

「まあ！　そうね」エレーヌは半分目をつぶって優しく言った。それ以上うまく喜びを表せなかった。

モンテカルロで食事を終えたとたん、カロル氏はそわそわし始めた。一瞬テーブルを叩き躊躇っているようだったが、それから急に立ち上がってエレーヌの手を引いた。

二人はカジノに入った。

「そこで待っていなさい」彼はロビーを指差してそう言うと姿を消した。

少女は腰掛け、手袋もコートも汚さないようにしっかり背筋を伸ばした。鏡の前で女が一人、怯えてくたびれた様子で口紅を塗りたくっていた。鏡にはやせて小柄な少女の姿が映っていた。顔が巻き毛に囲まれ、初めての本物の毛皮を首に巻いていた。父がシベリアから持ってきてくれた小さくて薄い白テンの毛皮だった。そうやって少女は長い間待った。時間が経った。色んな男たちが出たり入ったりした。風変わりな年取った女たちがいた。買い物籠を手に持ち、金《きん》を動かしたその手がまだ震えていた。カジノを見るのは初めてではなかった。一番古い思い出の一つはオスタンドの遊戯室を横切ったことで、そこでは金《きん》の部屋が時々足下で回転したがゲームをやる人たちは気にも留めなかった。だが、今、少女の目は見える世界以外の物事を見詰めることを知っていた。少女は白粉《おしろい》をこってり塗った女たちを見ながら考えた。

〝子どもはいるのかしら？　この人たちも若かったの？　幸せなのかしら？〟

その時まで子どもだけにとっておいた同情が別の形をとる年になっていた。〝年寄り〟の萎れた顔をまじまじと見る年、いつか自分もそんなふうになると予感する年……その時、最初の幼少期は終わりを告げる。

外では空が薄暗くなっていた。心地よく美しい夜、イタリアの夜、輝く噴水、香しい匂い、花開いたマグノリア、優しく愛撫するようなそよ風……エレーヌは窓ガラスに顔を貼りつけてこのあまりに熱く、あまりに艶《なまめ》かしい夜を眺めた。

〝お子様向けじゃないわね〟

少女は微笑みながら思った。見捨てられた幼い自分に気が咎《とが》めた。（どうして？　私は捕まったりしない。私が悪いんじゃないもの。私はパパと一緒だった。でも、パパは私とあんまり長くいなかったわ……）夜の八時だった。カフェ・ドゥ・パリの前に車が停まり、正装した男たち、舞踏会のドレスを着た女たちが降り立った。少女はバルコニーの下でマンドリンとキスの音、押し殺した笑い声を聞いた。港に微かな光が輝き、暗い道には沿岸中の娼婦たちが集まってカジノに向かっていた。もう九時……

〝おなかが空いた〟エレーヌは思った。〝どうしよう？　ここで待つしかないわ。部屋には入れてもらえないから〟いったい何人待っているのか、同じように諦めて……ロビーは不平も洩らさず待っている心配そうな疲れた女たちで溢れていた。少女は自分が妙に年を取って諦めてしまったような気がした。この椅子で一晩過ごしたってしようがない。瞼が重くなっても目さえ閉じなきゃ。時間がえらくのろのろ流れた。ところが、カジノの掛け時計の針の動きは妙に素早かった。もうじき九時半、普段なら床につく時間だった。だが針は進んで九時四十五分、十時……眠ってしまわないように少女は歩いて行ったり来たりした。暗がりで女が一人、ピンクの羽根のボアを振りながら行きつ戻りつしていた。エレーヌは女を眺めた。おなかが減って不思議と心が軽くなり、自分がこの見知らぬ女の人生に入りこんで自身の魂の中に彼女の疲れと不安を感じるような気がした。どんなにおなかが減っていたか。少女はカフェ・ドゥ・パリの厨房から立ち上るスープ鉢に入ったブイヨンの香りを嗅いだ。

〝手荷物預かり所に忘れられたトランクの心境ね〟

少女は自分をからかおうとして思った。

明らかに、全てが滑稽だった、ひどく滑稽……少女はあたりを見回した。子どもたちはいなかった。みんな寝ていた。注意深い手がカーテンを引き窓を閉めていた。花売り娘に語りかける老人の囁きも聞こえず、ベンチの一つ一つでキスしているカップルたちも見えなかった。

〝ローズさんは私を忘れていないはずよ。あの人は。やっぱり、私、まだ幻想を持っていたのね〟

少女は苦く考えた。

〝世界で私を愛してくれるのはあの人だけ……〟

十一時になった。月光に白く照らされた街が夢のように気味悪く異様に見えた……

エレーヌは歩き続けた。眠気で半分目を閉じていたが、眠ってしまわないように港の明かり、家々のランプの数を数えた。ああ！　めそめそしちゃだめ。広場に置き去りにされた子どもみたいに泣くの？　最後にカジノを立ち去る醜い老婆たちがいた。胸に買い物籠を抱き締め、白粉が唇の上で溶けていた……で、その後ろには？……あの白髪、喜びと情熱の炎に照らされたあの大好きな顔では？……

…少女の父だった。

彼は少女の手を取って強く握った。

「可哀想に、さあ……お前を忘れてたよ……すぐ帰ろう……」

少女は思い切って彼におなかが空いていると言えなかった。彼が母みたいに肩をすくめて溜息をつくのを見たくなかった。

〝子ども……なんてお荷物だ！〟

「少しは勝ったの？　パパ」

父の唇は嬉しそうで同時に苦しそうな微笑で震えた。

「勝ったかって？　そう、少しはな……だけど、勝つために遊ぶのかな？」

「ええ？……じゃなんで？」

「遊ぶためさ、な」父はそう言った。彼の血管の中で滾《たぎ》っている血の熱がエレーヌの手に注ぎこまれるような気がした。彼は優しく見下《おろ》すように少女を見た。

「お前にゃ分からんな。お前は幼すぎる。それにお前にゃ決して分からんさ。所詮女だもんな」

第二部

1

一九一四年、秋の灰色の黄昏時、エレーヌはローズ嬢と一緒に最後の荷物を入れたトランクを携えてサンクトペテルブルクに着いた。両親はもう何週間もそこで暮らしていた。

久しぶりに母に会わねばならない時、エレーヌはいつも不安で身を震わせた。だが死んでもそれを見られたくなかった……

物悲しい季節でも一番暗く一番じめじめした日々、太陽は殆ど現れず人々はランプの光で目覚め、起き出し、食事し、働いた。黄ばんだ空から柔らな湿った雪が降り、風が怒ったように吹き散らした。その日はつんざくような北風が吹き、ネヴァ河からどんな腐った水の饐《す》えた臭いが立ち上ったか！

道には街灯が灯されていた。大気中を濃い霧が煙のように漂っていた。エレーヌは着く前からこの未知の街が嫌いだった。見ているとまるで災《わざわ》いが迫るように胸が締めつけられた。ローズ嬢のコートを強く指で捻《ねじ》り、不安に駆られてその手の親しい温もりを探った。それから横を向いて自動車の窓ガラスに映った自分の顔を悲しい驚きを感じながら眺めた。顔は蒼ざめ、引き攣っていた。

「どうしたの？　リリ」ローズ嬢が言った。

「何でもないわ。私、寒い。この街、怖いわ」

エレーヌは沈みこんで呟いた。

「パリなら今頃木がみんな金色なのに」

「でも私たち、どのみち、パリには行けなかったわ、エレーヌ。だって戦争ですもの」

ローズ嬢が悲しそうに言った。

二人は黙りこんだ。重く忙《せわ》しない雨粒が窓ガラスに流れた。顔を伝う涙のように。

「あの女、私たちを駅に探しにも来なかったわ」

エレーヌが苦い声で言った。自分自身の底知れない深み、存在の自分でも知らない部分から痛みと怨みが魂にこみ上げるような気がした。ローズ嬢がさらりと訂正した。

「〝あの女〟なんて言わないの。〝ママ〟でしょ……〝ママは私たちを探しに来なかった〟……」

「ママは私たちを探しに来なかったわ……私とそんなに会いたくないのよ、多分ね。私だってそうだけど」

エレーヌは声を低めて言った。

「しょうがないわね、だったら何がご不満？　ちょっとだけ儲けたじゃない」

ローズ嬢が優しく答えた。悲しく皮肉な微笑みがエレーヌの心を打った。

少女は尋ねた。

「あの人たち、い、い、今自動車を持ってるの？」

「そうよ。あなたのお父様は大金を手にされたの」

「ええ？　じゃあお祖父様、お祖母様は？　こっちに来ないの？」

「私は知らないわ」

だがエレーヌは祖父母は決してウクライナを離れないと思った。定期的に金をもらう代わりに二人はカロル家ときっちり距離をおかれる。それがベラの資産の最初の使い道になるかも知れない……

祖父母への同情を、少女はやっと堪《こら》えた。それが意気地なく思えて、二人のことを考えまいとした。それでも、その姿が記憶に甦った。汽車が発つ間、プラットフォームをふらつきながら小走りに走る二人が瞼に浮かんだ。お祖母さんは泣いていたが、いつもと大して変わらなかった。哀れな人。だがサフロノフ老人はまだ胸を反らせていた。すくっとした姿勢で震える声で叫びながら杖を振った。

「すぐにな！　サンクトペテルブルクにお前に会いに行くぞ！　ママにわしらをすぐ招くように言うんだ」

〝あの人なら分かるわ、お気の毒なお祖父様〟

エレーヌは呟いた。老人はこれ以上望めないことが自分より分かっていると思った。めそめそ泣いている妻に続いて空っぽの家に戻り、どんな痛恨の念に駆られるか。

〝わしの番だ、今度はわしの番なんだ！　わしは前に走った、自分の快楽、自分の気まぐれのためにこの世の全てを棄てた！　今は年老いて息も切れた。後ろにとり残されるのはこのわしなんだ〟そう思いながら妻の方を振り返り、人生で初めて妻を待ってやった。杖で地面を叩き、大声で不平を洩らしながらも。

「さあ急げ、このグズが！」

お祖父様、お祖母様、〝お暇〟を戴いちゃったのね。父親譲りの悲しいユーモアをこめてエレーヌは思った。

自動車はそうするうちに大きく美しい屋敷の前に停まっていた。カロル氏の住いは玄関から奥の部屋が見渡せるように建てられていた。大きな扉は開け放たれ、ずらりと並んだ白と金のサロンを見ることができた。エレーヌは白い巨大なグランドピアノの隅にぶつかり、あちこちの鏡に映った蒼ざめ茫然とした自分の顔を見ながら最後にもっと小さくもっと薄暗い部屋に着いた。そこに母がいた。彼女は立って、テーブルに凭《もた》れていた。その傍らに、エレーヌの知らない若者が坐っていた。

〝午後三時にコルセットをぴちっと締めて〟

ゆるんだバスローブ、乱れ髪の母を思い出しながらエレーヌは思った。少女は目を上げ、一目で白い指にはめた新しい指輪を数えエレガントなドレス、すらりとした体つき、厳しい顔に浮かぶ喜びと情熱に溢れた表情を見た。その全てを見てとり、心の中に閉じこめ、決して忘れなかった……

「こんにちは、エレーヌ……汽車が早く着いたの？　こんなに早いとは思わなかったわ」

エレーヌは呟いた。

「こんにちは、ママ……」

少女がママと言うと、二つの音節は決して素直に繋がらず、結んだ唇の間をなんとか通り抜けた。後のマはこもった小さな痛みとともに必死に心から絞り出した一種の唸り声だった。

「こんにちは」

お化粧した頬が少女の高さに下りてきた。少女は本能的に白粉とクリームを塗っていない場所を探しながら用心深く口をそこに当てた。

「髪を乱さないで……あなたの従弟《いとこ》に挨拶しないの？　自分の従弟、知らない？　マックス・サフロノフよ」

血脈のように薄くて赤い口紅を塗った唇を勝利の笑みが掠めた。

エレーヌは故郷の街路で昔出会ったリディ・サフロノフの四輪馬車を咄嗟《とっさ》に思い出した。スカンクの毛皮の襟巻から小さな鎌首をもたげ、黒い目をして身じろぎもせず冷たい視線を自分に投げた女性を改めて思い浮かべた。

〝マックスがここに？……まあ！　この人たち、お金持ちには違いないわね〟

少女は皮肉に思った。

少女は若者の蒼白さに魅せられた。サンクトペテルブルクの住人の白い顔色、血を抜かれたような、地下蔵で育った花のような青白い肌を目の当たりにするのはこれが初めてだった。彼は高慢で気取った様子で、鷲の嘴《くちばし》のように曲がった細く繊細な鼻、緑色の大きな目、まだやっと二十四なのにこめかみの辺りが薄くなった金髪をしていた。

彼はエレーヌの頬に軽く指を触れ、自分の方に上げられた顎をつまんだ。

「こんにちは。小さな従妹か。年はいくつ？」

彼は尋ねた。明らかに気のない話ぶりで、皮肉に光る緑色の目を少女に向けた。

彼は答えも聞かず、呟いた。

「なんて背中が曲がってるんだ……真っ直ぐしなきゃ、娘さん。僕の妹たちは君の年でもっと頭を上げてすくっとしてたよ」

「ほんとにそう」ベラが不満げに叫んだ。

「あんた、なんて姿勢が悪いの！　叱んなきゃだめでしょ、ローズさん！」

「旅で疲れたんですわ」

「あなたはいつだってこの娘《こ》の言い訳をするんだから」ベラが不愉快そうに言った。

エレーヌが背筋を伸ばすのを忘れたとたん、彼女は薄くて丸まった背中の肩甲骨の間を手でぴしっと叩いた。

「こうしたってきれいにはならないけどね、可哀想に……この娘《こ》を叱ったって無駄よ。何にも聞いてないんだから。見てよマックス、なんて顔色が悪いんでしょ……あなたの妹たちは丈夫で活発そうなのに……」

マックスが呟いた。

「English education, you know.....Cold baths and bare knees and not encouraged to be sorry for themselves（英国流の教育さ。冷たい風呂、むき出しの膝、甘えさせないんだ）この子はあなたに似ていないね、ベラ」

エレーヌは尋ねた。

「で、パパは？」

「そうね、パパは元気よ。凄く帰りが遅いの。寝る前に会えるでしょ。あの人、とっても忙しいのよ」

皆が黙った。エレーヌは行きも坐りもせず、閲兵式のように身を硬くして突っ立っていた。しまいにベラが疲れて苛立った口調で呟いた。

「さ、そこで口を開けて私を見てないで。自分のとこに行きなさい。自分の部屋を見に行きなさい……」

エレーヌは立ち去った。激しい不安に駆られ、この未知の男は自分に何を運んで来るのか、幸福か不幸か、と考えながら。実際、この先、彼が自分の人生の本当の支配者になるかも知れないことを少女はよく知っていた。ずっと後、大人になってから、その時寄り添った二人の顔、その沈黙、母の微笑、そして自分が一目で気づき、見抜き、予感した全てを思い出して思った。

〝あり得ない……つまり、私はたった十二歳だった。私、少しずつ分かっていった、多分、それが真実……で、今、一秒で全てを見てしまったと思ってる……私は真実を少しずつ垣間見ていったのよ……一瞬の閃《ひらめ》きなんて……私は子どもだった。あの日、二人は何もしゃべらず、お互い離れて坐っていた……〟

だが、時に一つの色、一つの音、一つの匂いが自分を過去に投げ返し、記憶の中に若いマックスそのままの顔をもう一度発見すると、彼女は直ぐに自分の中の子どもの魂が長い眠りから目を覚まし、熱く自分に囁き、呼びかけるのを感じた。

〝あなたも、あなたも幼い自分を裏切ったわね！……覚えていない？　あなたは小娘の体と、今と同じぐらい老いて、同じぐらい成熟した心を持っていたじゃないの……だから私には充分嘆く理由があった。私、本当に不幸で見捨てられてた。だって今は、あなたさえ、私を忘れてしまったんだから……〟

確かに、あの日、あの悲しい日、少女は二人の関係を確信した。自分のために慄《おのの》いた。こんなことを口にした尊大な青年を直ぐに憎んだ。

〝この子はあなたに似ていないね、ベラ……〟

〝じゃあ、パパは？　私は自分のことしか考えない。なんてエゴイスト……パパは苦しむに違いないわ、もし知ったら……〟

少女はそう思った。だが直ぐに苦い憎しみが心を満たした。

〝ほら、私のことを心配する人なんて誰もいやしない。せめて自分で自分を愛さなきゃ……〟

少女はローズ嬢に近づいた。

「ねえ……」

「はい？」

「あの青年……私の従弟とあの女……私、分かっちゃった、そうじゃない？」

ローズ嬢はびくっと体を動かした。激しく否定しようとしたが、小さな蒼ざめた口が窄《すぼ》んだ。彼女は弱々しく呟いた。

「いいえ、いいえ、エレーヌ……」

だがエレーヌは彼女の耳に熱く、繰り返し囁いた。

「私、知ってる、私、知ってる、私、知ってるんだから……」

二人の背後の扉が開いた。ローズ嬢はぶるっと身を震わせ、エレーヌの手を恐々と握りながら静かに言った。

「黙って、さ、黙って……何か疑ってるってあの人たちに知られたら、あなた寄宿舎行きよ、可哀想に。私だって……」

ぞっとしたエレーヌは目を伏せて呟いた。

〝なんてこと……〟

少女は思った。

〝私は寄宿舎の方がましかも……この家より不幸になる場所なんてどこにもないもの！　でもこの人、ローズさん、可哀想なマドモアゼルは私がいなかったらどうなるの？〟

少女は急に冷たく救いのない明晰さで考えた。

〝もう彼女が必要なのは私じゃない。ベッドに寝かせてもらったり、お守《も》りしてもらったり、キスしてもらう必要はないのよ。私、大きくなった。年をとったわ……人は十二で年寄りになれる……〟

少女は突然、完全な孤独、沈黙、苦い憂鬱への飢えを感じた。憎しみと悲しみでいっぱいになるまで魂にそれを食わせてやりたい……

〝ローズさんがいなかったら、誰も私を苦しめられない……この人がいるからこそ、あいつら私に手が届くのよ。でも、この人には私しかいない。私がいなかったら、この人死んでしまう……〟

少女は痛いほど拳を握りしめた。自分がひ弱で小さく、心は傷つきやすいと思った。無力感が反抗心と絶望で少女を満たした。

少女は隣の勉強部屋に入った。母はそこに自分の衣装を入れるワードローブを据えつけていた。毛皮を入れる戸棚から軽いナフタリンの臭いが洩れた。至るところに、母がいた！

少女は憤然と扉を閉めて自分の部屋に戻って窓辺に寄り、一種憂鬱な恐れを感じながら黒い空を見た。そこから雨がいっぱい降ってきた。涙が少女の頬を伝った。最後に少女は声を震わせて言った。

「知ってるでしょ。あの女……ママはあなたがいてくれてとても満足だってしょっちゅう言っていたわ……」

「よく知ってるわ。だけど……」ローズ嬢は呟いた。

彼女は部屋の真ん中に立っていた。黒いドレスを着て小柄で華奢《きゃしゃ》な彼女は、苦しみと優しさをこめてエレーヌの顔をじっと見た。だが、少しずつ、その目は一点を見据えて虚ろになっていった。とても遠い所、目の前のエレーヌの顔の遥か彼方に彼女だけが分かるイメージを探しているようだった。遠い過去なのか、多分……それとも冷たく無慈悲な世界の危うい未来なのか、孤独なのか、追放なのか、老いなのか。彼女は溜息をつき、さりげなく呟いた。

「さ、あなたのコートを片づけて。帽子をベッドに置きっ放しじゃだめよ。いらっっしゃい、髪の毛直しましょ……」

普段どおり、彼女は一番日常的でつましい家事に逃げこんだ。だがどこかきりきりして熱中する様子がエレーヌを驚かせた。彼女は旅の荷物をほどき、整理ダンスの引き出しの手袋と靴下を畳み、使用人たちの手助けを拒んだ。

「あの人たちにほっといてって言って頂戴、エレーヌ……」

〝この人、戦争が始まってから変わってしまったわ〟とエレーヌは思った。

2

一九一四年、一九一五年は死ぬほどゆっくり過ぎた……

ある晩、エレーヌが食堂で大きな肘掛け椅子に坐っているとマックスが入って来た。少女は四方八方新聞に囲まれ半分それに埋まっていた。白地だらけのような戦時の新聞をカロル家ではカロル氏が裏面の株式相場を読む以外誰も読まなかった。マックスはふふっと笑った。滑稽だな、この小娘は……平たい胸をして、青いウールのドレスの半袖からかぼそい裸の腕が突き出ていた。ドイツ風の深いプリーツの入った白い麻の上着を羽織り、黒くて部厚い巻き毛が死体のように蒼白くなり始めた顔に巻きついていた。大気も光も無く育ち、日曜に一時間スケートをするだけのサンクトペテルブルクの子どもの顔色だった。

彼を見ると、少女は自分が一層老けて醜くなる眼鏡を乱暴な仕草で外した。目が弱く、明け方から点けっぱなしの電気の光で疲れていた。

彼は噴きだした。

「眼鏡をかけるのか？　おかしいな、可哀想に！　年取った小娘みたいだ！」

「読書と勉強の時だけだわ」

頬に血が上るのを感じながら少女は言った。赤くなる少女を彼は残酷にからかうように眺めた。

「だがまあ、なんとおしゃれな！……可哀想な娘だよ」

彼はそう繰り返した。馬鹿にして憐れむような声にエレーヌの心が怒りに震えた。

「お母様はどこ？」

少女はぶすっとして隣の部屋を指差した。だがその時扉が開き、波打つレースが辛うじて胸を蔽い隠している化粧着姿のベラが進み出てマックスに手を差し出しキスを受けた。二人は黙って見詰め合った。彼は渇望の表情を浮かべてきっと唇を結び、少しずつそっと瞼を伏せた。

〝私が何も見ていないと思ってるの？　考えられない〟エレーヌは思った。

二人はサロンに入って行った。エレーヌは赤い肘掛け椅子に坐り直して新聞を読み返した。戦争……ここで一体誰がそれを思うだろう？　自分とローズ嬢の他に……黄金が溢れ、ワインが流れていた。傷ついた者たち、喪服の女たちに、誰が気を留めるだろう？　早朝、街路を歩行する兵士たちの足音、死に向かって歩む隊列の陰鬱な音に誰が耳を傾けるだろう？

少女は時計を見た。八時半だった。朝から一時《いっとき》も休まず、勉強、宿題を続けていた。少女は勉強と本が好きだった。人がワインを好むように。それには忘れさせてくれる力がある。だが、少女がそれ以外、何を知っていたか？……少女は静まり返った空き家で暮らしていた。誰もいない部屋の自分の足音、閉めた窓の向こうの寒い街路の静けさ、雨か雪、あっと言う間にやって来る宵闇、夜通し燃え、疲れた目にその光がゆっくりなじむまで見詰める正面のどっしりした緑の暖炉。そこに少女の暮らしがあった……父は殆ど家にいないし、母は夜になると帰ってきてマックスとサロンに閉じこもった。少女には友達がいなかった。この時代、大人には子どもの幸せ以外の心配事があった。

使用人がカーテンを閉めに来た。隣の部屋でマックスの押し殺した笑い声が聞こえた。

〝あそこで何をしてるの？　あの二人。ああ！　どうだっていいわ、私をほっといてくれるんなら……〟

少女は扉の下を抜けてくる煙草の臭いを嗅いだ。父はまだ帰っていなかった。九時と十時の間に帰って、料理が熱くても冷めていても食事をするだろう。彼は〝仕事仲間〟という総称でしか少女が知らない男たちを連れて来るだろう。熱っぽく、落ち着かず、忙しない眼差し、猛禽のようなひきつって貪欲な手をした男たち。目を閉じると彼等が絶え間なく発する言葉がもう聞こえるようだった。少女にも分かる唯一の言葉、頭上で鳴り響き、唸りを上げる言葉、寝ても覚めてもつきまとう言葉。

〝……何百万……何百万……何百万……〟

使用人が敷居で立ち止まり、時計を見て首を振った。

「お嬢様は旦那様が何時にお帰りになるかご存知ありませんか？」

「知らないわ」エレーヌは言った。

カーテンを開け、雪上に橇の明かりを覗いながら通りを見た。少しずつ、周囲の全てが消えていった。少女は内なる深い夢想の中に心地よく沈みこんでいった。かつてナポレオンごっこをした時のように……だが今、違う夢が少女を占領していた。そこでは、いつでも同じ尊大で威圧的な気持ちが甦った。私は女王……畏怖される政治家……世界一の美女……これは新しい夢だった。少女は用心深くそれに触れてみた。不思議な火がその中にあるかのように。

〝私は美しくなる？……ならないわ、確かに〟少女は悲しく思った。

〃今、私は思春期になったばかり。きれいなわけがないわ……でも、私は決して美しくなれない。口は大きいし、顔色も冴えない……ああ神様、男たちがみんな私に恋に落ちるようにして。大きくなったら……〃

少女は身震いした。父が入ってきたところだった。男を二人連れていた。黒々とした目をしたユダヤ人のスリケルは話しながらぎくしゃく腕を振った。大方駆け出しの頃はキャフェのテラスで絨毯でも売り、その荷を未だに担いでいるようだった。もう一人はアレクサンドル・パヴロヴィッチ・チェストフ、戦時の束の間の大臣の息子だった。

エレーヌはローズ嬢の隣の自分の席に着いた。食器棚が競売場で買った銀のお皿の重みで撓《たわ》んでいた。没落した老貴族が所持品を一切合財量り売りし、成金たちが買い求めていた。

〃この家のものは全部、泥棒の隠れ家にある中古《ちゅうぶる》みたいなもんよ〃

とエレーヌは思った。重い銀の食器はあちこちで売りに出たものだった。飾りのイニシャル、冠、紋章を消す労すら払っていなかった。カロル家に興味があるのは重さだけだった。一隅に置かれたカポディモンテの磁器の品々はまだ包装紙に包まれていた。セーヴルの小像、人物と花束を飾った薄いピンクの小皿はサイドボードの上に積み上げられていた。ベラが一週間前に競売場で買ってきたが、使われないまま藁と薄葉紙に包まれて悲しく置かれていた。同じように書物もメートル単位で買われていた。紋章を飾ったモロッコ革の本をエレーヌ以外、誰も開かなかった。ベラが軽口を叩いた。

「ご先祖様の肖像画ってどこで買えるのかしら ね？」

唯一、シベリアから持ち帰った毛皮だけが新品だった。母のコートに縫いこまれたオコジョの一つ一つ、エレーヌは獣の死体から剥いだその小さな薄皮がテーブルに投げ出され貪欲な手でいじられるのを見ていた。

「アレクサンドル・パヴロヴィッチ……」

「サロモン・アルカディエヴィッチ……」

チェストフは話しながら侮蔑的に目を細め、少ない金髪をポマードで撫でつけた長い頭を用心深く前に出した。このユダヤ人たちと一緒にいて有害な空気を吸うのを恐れるように。スリケルは彼に軽蔑の眼差しを返したが、恐れがそれを和らげていた。

食堂はカロル氏の妻に送られた同じような花、花束でいっぱいだった。カロル氏は戦争が始まって以来非常に豊かになり、誰もが彼のご機嫌をとった。

テーブルに着きながらベラは赤い薔薇を取ってマックスの胸に挿した。レースの化粧着の胸元がはだけたが彼女はあわてずにそれを直した。彼女の胸は美しかった。

給仕長が通り、続いて小柄な使用人がベスボロドコ家の家紋が刻まれた銀のスープ鉢に入れたポタージュを運んだ。グラスはバカラだった。だがもう殆ど全部グラスの縁が欠けていた。そんなことを気にかける者はいなかった。こんな栄耀栄華が束の間で、無から生じたのと同じように雲散霧消すると誰もが予感しているようだった。

ローズ嬢がエレーヌの方に身を屈め小声で心配そうに聞いた。

「新聞読んだ?」

「ええ。いつもと同じね」エレーヌは悲しく言った。

「〝行き詰まり〟でしょ……」

スリケルがしゃべっていた。

「あなた方はお分かりでない。私らの幸運、それが戦争です。あなた方は明日には値打ちのなくなる証券など弄《もてあそ》んでいらっしゃる」

彼はテーブルに飾られた小さくて香りの強いダークレッドの薔薇の方に手を伸ばしながら言った。

「戦争に必要で重要なのは武器、弾薬、大砲です。しかも、それは愛国的な義務でして」

チェストフが甲高く威圧的な声を発した。

「では、もし戦争が一月以内に終わったら？　我々がストックを腕に抱えたまま」

「明日のことを思う必要があるならですな……」

スリケルは空になった皿を押しやり、笑いながら言った。大臣の息子は貴族的な軽蔑の表情を浮かべてスリケルを見た。胸から取り出した片眼鏡を一輪の花のように指の間でゆっくり静かに回し、顔中の筋肉を俄かに強張らせて目線の先に据えた。彼はベラの方に身を屈めるとフランス語で丁重に言った。

「我々の話しは奥様にはあまり面白くありませんでしょうな」

「慣れておいでですよ」スリケルが言った。

カロル氏が割って入った。

「君が言う取引は賢明とは言えん。国防省は興味を持つがな。それより、必要なのは兵士の衣類、長靴、食糧……」

給仕長が金色のミモザ風のゆで卵を付け合せ、野菜に寝かせたちょうざめのゼリー寄せを運び、風笛と牧人のレリーフが飾られた銀のソース入れが続いた。

皆《みんな》しばらく黙々と食事をした。エレーヌが顔を上げるとこんな言葉が聞こえた。

「……大砲の話しですが……スペインには一八六〇年の大砲が残っています。それでも、まだ素晴らしいもので。こっちのものよりいいようですな」

二口で魚を平らげ、正面に置かれたグラスに注がれたワインを選びもせずに一つ取ったスリケルが言った。カロル家で魚と一緒に出す甘口のバルサックワインだったが、それを飲んだ彼はまずそうにちょっと顔をしかめた。彼は殆ど酒を飲まず、煙草もやらず、女にも賭け事にも美食にも手を出さなかった。政府のメンバーに近づくはめにならない限り。連中は美食と女抜きでは仕事の話を解さなかった。

「犬とともに生きるんだ。犬みたいに生きるんじゃなく」

彼は折に触れ、賭け事、美酒、女に目がないカロル氏にそう言った。

「そいつは身を滅ぼすぞ」

彼はまとめにかかった。

「輝かしいお仕事ですぞ、莫大なものです……口をお利きしますよ、ご興味があれば……素晴らしい大砲です」

彼は本性を丸出しにして知りもしない大砲を売りこんだ。どこかの玄関で長靴下を売るように。

「いや、勘弁してくれ。一八六〇年製では」

「なんでそれが今のものに劣ると？　私らの親はあなたや私と同じくらい利口だったと思われませんか？　なんでです？……一体何を根拠にそうおっしゃるんで？……」

「勘弁願おう」

チェストフは念入りにグラスを選んでゆっくり飲み、薄笑いを浮かべて繰り返した。口元をきっと結び、軽蔑の目が光った。

「君は……」

「いや、言わせてください！　それぞれの職分をごっちゃにしちゃいけません……つまり、その大砲がいいとか悪いとか言うのは私じゃないんで。技術者じゃないんだ、私は。砲兵でもない。私は〝相場師〟です。商人ですよ。それが私の役割ってもんです」

彼は差し出されたクリームソースをかけた山鶉《うずら》を取るために完全にチェストフに背をむけながら言った。サラダの匂いを嗅いで気味悪そうに返した。彼はその野菜に決して気を許さなかった。

「私は陸軍省に行きます。こう言いますよ。〝さて、これこれの話しが持ちこまれまして。そちらでお望みでしょうか？　よろしいかどうか、お調べになってください〟そんな責任、とても自分でしょいこめたもんじゃありません。〝お望みで？　これはこれは。お望みじゃない？　ではおいとまします〟当然、ご理解いただかなきゃなりませんな……皆様に」

彼は語気を強め皮肉で鋭い眼でチェストフを見据えた。

「ご自分の利益は何か、皆様にご理解いただかなくてはなりません」

「ロシアの国益さ」

チェストフが厳しく言った。彼は尊大で探るような視線を周囲に投げた。自分が政府の代表であり、皇帝の名のもとに彼等の魂の内奥まで探る権利があることを思い出させたがっているようだった。

二人はさっと答えた。

「ごもっともで」

「ところで、新聞を読んだ者は？」

「持ってきて」ベラが使用人に言った。

彼等は手から手に新聞を渡し、急いで見出しを見てから注意深く株式相場を調べ、床に棄てた。小柄な使用人が忙しない手でしわくちゃにされた新聞を丸め、ペチェルスキー伯爵の紋章が入った朱色の刷毛を使って朱色のお盆に拾い集めた。

「新しいことは何もない。新たな百年戦争ですよ」マックスが言った。

彼はやるせない欲望をこめてベラを見た。

「なんと素敵な香りだ、この薔薇は……」

「あなたがくださったんじゃない」

薔薇を活けた金細工の小さな籠を指差しながら彼女は微笑んで言った。薔薇は食卓の熱さで花開いていた。

その間に、チェストフが言った。

「大砲に関する限り君と熱意を共にはできんな。親愛なる……」

彼は言葉を止めて忘れてしまった名前を探すふりをした。

「……ふん……サロモン・サロマノヴィッチ……」

スリケルはニュアンスを感じとった。だがこう言わんばかりに肩を竦めた。

〝豚と呼ぶがいい、呼びたいなら。だが、言われたことをやるんだぞ〟

彼は愛想良く訂正した。

「アルカディエヴィッチですよ。アルカディエヴィッチ、でもどうでもいいことで……あなたがおっしゃいましたのは？……」

「君の大砲のことさ。他に使い道があるとは考えられんかな？　スクラップにもできそうだ。勿論門外漢だが、スクラップは不足していると思うが……」

ここまでことを運んだスリケルは一息入れることにした。じっくりアスパラガスを選んでしばらく間を置いてから答えを返した。

「お父上にお話しいただけますか？　ああ、何の縛りにもなりませんよ……当然、あの方も確かめずにはお求めにならんでしょうし……」

「しかし、委員会は父一人ではない……」

「ああ！　他の方々がいらっしゃいますな。おっしゃるとおり。それは説得の問題です」

「賄賂だな」カロル氏が言った。彼はあけすけにものを言った。

「ああ、悲しいかな！……嘆かわしい国でございますねえ」

望んだものを手に入れたスリケルはチェストフをくすぐってやった。

「こんな高度に愛国的な問題とあらば止むを得まい。まあ分かってもらえれば……しかし、私も神々の秘密を洩らすことはできんぞ」チェストフは言った。

カロル氏がスリケルに言った。

「君のスペインの大砲よりいい事業を知っているぞ。開戦の時、オーストリアのグループに没収された工場が開発される。確かな筋の話しだ。株を買い占める必要がある。今は五だが二ヶ月で五百になる。誰ももっと進んで健全な事業をやろうとしないのが、わしには分からん」

スリケルが刺々しく言った。

「そりゃ、事業を始める時は健全に行くかどうかどうにも分からんからだ」

「君が証人か」からかうように笑いながらカロル氏が言った。

「君と軍隊のパン取引さ」

「え、何の話だ?」

「六ヶ月間、散々わしらに聞かせてくれたじゃないか。挙句の果てに莫大な腐ったパンだ」

「小麦粉は一級品だった」気を悪くしたようにスリケルは言った。

「一番いい製粉業者と組んだ。だが焼き釜の建設費を削ろうとしてけちがついた。どのくらいの性能が必要か、誰も正確に知らなかったんだ。焼き方がまずくてパンは腐った」

「そして、兵隊たちが赤痢で死んだ」チェストフが言った。

「そんなふうにお考えで?……商品を受け取ってもらえなかった。それだけの話しですよ。災難ですが、パンは棄てるしかなかった。私はその筋に訴えましたがね。一人の人間が死んだとも思っちゃいませんよ、私は」スリケルは言った。

カロル氏は子どものように笑った。いたずらっぽい表情で顔に皴が寄った。テーブルの上で手を伸ばしエレーヌの髪を優しく引っ張った。少女は日焼けして乾いた彼の手を咄嗟《とっさ》につかんでキスした。少女は父の目の輝き、白髪、それに時折凄く悲しくもいたずらっぽくもなる微笑みが好きだった。

〝だけど、あの女を見ると、この人溶けちゃう〟少女は怨めしく思った。

〝この人があの二人のやってることを何も見ないなんてあり得る？　この人が幸せ、こんなばらばらな家で、慣れない家具の中で、自分のじゃないイニシャルが入ったお皿で食事して、裏切られて、騙されて幸せ……この人が何も見てないなんて、やっぱり言えたもんじゃないわ……違う、この人は遠ざけて知らんぷりしてるのよ……結局、この人の魂をじわじわ焼き尽くす情熱はこの世にたった一つ、博打《ばくち》よ。株かカード。それが全てなのよ〟

彼等はチョコレートの熱いソースに浸したりんごのシャルロットを食べた。チョコレート好きのエレーヌはしばらく〝大人たちの会話に興味を持つ〟のを止めた。母は時折それをなじって言った。

「マックスもあんたが仕事の会話に興味を持ちすぎるって言ってるのよ。そんなの、あんたに関係ある？　自分の勉強をやりなさい……」

エレーヌはひたすら邪悪に全身全霊で聞こえることに耳を傾け理解しようとした。だが、疲れてしまい、うなり声だけがぼんやりと耳に届いた。

「船が……」

「石油が……」

「パイプラインが……」

「長靴が……」

「寝袋が……」

「株券が……」

「……何百万……何百万……何百万……」

最後の言葉は歌のルフランのように一定の間隔を置き、話しの区切りに繰り返された。

〝古い歌ね〟エレーヌはうんざりして思った。

ディナーは終わっていた。エレーヌは食卓を立っておずおずと小さくお辞儀をしたが、誰も気づかなかった。そして、眠りに行った。葉巻とコニャックの香りが朝まで屋敷の中を漂い、扉の下を抜けて少女の夢の中まで追いかけてきた。遠くの大砲の轟きが敷石を揺るがし砲兵隊が街路を通った。

3

革命はまだ始まっていなかった。だが間近に迫っていることが感じられた。吸いこむ空気そのものが嵐の日の明け方のように重く、一種の脅威を孕《はら》んでいるようだった。前線のニュースには誰も関心を持たなかった。戦争は遠い過去に後退したようで、負傷者たちには無関心な目が、兵士たちには不機嫌な敵意のこもった目が向けられた。ただ金《かね》だけがエレーヌの周辺の男たちの情熱をかき立てていた。誰もが金持ちになった。黄金が流れていた。このパクトロス川*には同時に、その岸辺に生き、そこで水を飲む人々を怯えさせる気まぐれで荒々しく暴圧的な流れがあった。流れはあまりに早く、あまりに簡単にやって来た……ちょっと株に手を出すと熱病のように値上がりした。エレーヌの回りで嬉しそうに数字が叫ばれたと思うと今度は囁きになった。聞こえるのは最早何百万ではなく、何十億だった。それはためらいがちであえぐような小声で発せられた。周囲を見ればがつがつして恐怖に慄《おのの》く目ばかりだった。同時に、人は買いに走った。何もかも、至る所で。夜と言わず朝と言わず、男たちがやって来てポケットから札束を出した。エレーヌには閉じた扉の向こうで小声で交される数字と素早く激しいやりとりが聞こえた。遠くの市場でアジアの商人が売ったように棒に一まとめにくくられたまままるっきり加工されていない毛皮を買った。オコジョとクロテンの毛皮、まとめると死んだ鼠の皮に似ている一塊《ひとかたまり》のチンチラ、宝石、首飾り、古いブレスレットを重さを量って買った。それと大きいが濁ったエメラルド。それほどせっつくような欲望が分別に打ち勝っていた。金《きん》を延べ棒、金塊で買った。だがとりわけ株、証券だった。銀行、タンカー、パイプライン、まだ埋蔵中のダイヤモンドの証券を一まとめに束で、塊で買った。家具はいっぱいになり、壁もベッドも証券で埋まった。使用人の部屋や勉強部屋や押入れの奥にも隠した。春になったとたんストーブに詰めこんだ。株券の束が肘掛け椅子に縫いこまれていた。カロル家に来た男たちは代わる代わるその上に坐り、自分たちの体温で暖めた。金の卵を孵《かえ》したがっているようだった。サロンの隅に薔薇の花模様のサヴォヌリィの絨毯を巻いてたたみ、大きな束をその中に入れた。風が吹くと束が乾いた音を立てた。エレーヌは時折何の気なしに秋に枯葉を踏みつけるように、足下でその音をたてて楽しんだ。蓋を閉じた白いピアノが暗がりで微かに光っていた。金製の鳥笛、風笛、ルイ十五世風の帽子、羊飼いの杖、リボン、花束が壁で埃を被っていた。エレーヌの両親、〝仕事仲間〟、それにマックスは電話とタイプライターを備えた狭苦しい書斎で夜の時間を過ごした。彼等はその中にひしめき合い、喜んでもうもうたる葉巻の煙を吸い、喜んで足下の床のきしむ音を聞き、自分たちの言葉をこもらせる飾りけのない厚い壁を眺めた。マックスとベラはそこで隣り合って坐り、狭い部屋の騒がしさと紐で吊るされた電球の明かりが弱々しいのをいいことにお互いのわき腹、火照った体を擦り合わせた。カロル氏は何も見ていなかった。だが、彼は時折暗がりの中で自分の妻のむき出しの腕を愛しげに握り締めた。彼女は今、夫に敬意を払い、恐れていた。実際、彼は贅沢と満足を思う存分与えてくれる、と彼女は思った。だが、彼女はこの屋敷でエレーヌより寛いではいなかった。しょっちゅうノスタルジーに駆られた。ホテルの部屋、隅に置いた二つのトランク、それに行きずりの短いアヴァンチュール。マックスは強情で、若く、美しい肉体は疲れを知らなかった。彼女は彼が自分に与えられる情熱、嫉妬、狂おしい怒りを最大限かき立てようとした。エレーヌは幼い自分を揺すった険悪な雰囲気、刺々しい言葉、諍《いさか》いをまた見つけた。だがそれは今、マックスと母の間で起こっていた。そしてそこには深くて苦い熱が入り混じっていた。少女はそれに苛立ったが、理解できなかった。それでも、少女はできる限り二人を困らせてやろうとした。マックスを見る時は彼を苛立たせる皮肉な目をして決して言葉をかけなかった。彼はエレーヌを憎み始めた。まだ二十四歳の彼には小娘を毛嫌いする幼児性が充分に残っていた。

エレーヌはディナーを待つ間、憂鬱に部屋から部屋へと彷徨った。勉強は終わっていた。ローズ嬢

＊ Pactole　砂金を産した古代リディアの川。無限の宝庫の比喩として用いられる。

は少女の手から本を取った。

「目を悪くするわ、リリ……」

時として、読書のしすぎで少女が重苦しく酔ってしまうのは事実だった。だが話もなく、静かに穏やかに首を振るだけのローズ嬢を前に何もせずにいるのはたまらなかった……しばらくは我慢していつも何か縫い物をやっているしなびて機敏な手を目で追った。それからちょっとずつ、動きたい、場所を変えたいという闇雲な欲求に駆られて少女は部屋を飛び出した。ローズ嬢は戦争が始まってからひどく年をとってしまった……三年というもの彼女にはもう家族から便りがなく、彼女が〝ちび〟〝ちびのマルセル〟と呼んでいた弟は、一九一四年の初めにヴォージュ*の山中で行方知れずになっていた。彼女の父親が再婚してできた子どもだった。サンクトペテルブルクには友達がいなかったし、十五年近くいるのにこの国の言葉が分からなかった。彼女には辛いことばかりだった。彼女の人生の全てはエレーヌの幸福にかかっていた。だが、エレーヌは成長してしまった……少女に必要なのは違う気遣いだった。ローズ嬢はあまりに子どもの頃からエレーヌを知っていたし、今のエレーヌが誰にも与えようとしない信頼を求めるには生まれつきあまりにも控えめで母性的な慎みがあり過ぎた。エレーヌは自分の内面生活に拘《こだわ》った。頑《かたく》なに誰の目にも見せなかった。世界で一番好きな人の目にさえ。二人とも敢えて口にしなかったが、二人は主にローズ嬢が解雇されることへの恐れで結ばれていた。どんなこともあり得た……二人の全人生はベラの気まぐれ、不機嫌かマックスの嘲りにかかっていた。このやりきれない歳月、エレーヌは一瞬たりと自由に息ができなかった。一晩として静かに安らかに眠れなかった。日中、ローズ嬢はエレーヌをノートル・ダム・ド・フランスのミサに連れて行った。フランス人の神父が異国の地で生まれた数人の子どもたちを前にフランスについて、戦争について語り〝瀕死の人たち、旅人たち、戦場で斃《たお》れた兵士たち〟のために祈りを捧げた。

〝大丈夫よね〟応唱の合間に、聖母像の下に灯された二本の貧弱な蝋燭の弱々しい光を見ながら、ゆっくり流れて最後に床石に落ちる涙のような蝋の静かな音を聞きながら、エレーヌは思った。少女は目を閉じた。屋敷ではベラが肩をすくめて言っていた。

＊ Vosges　フランス北東部、アルザス・ロレーヌの両地方にまたがる山脈。一九一四年は第一次世界大戦開戦の年。

「あなたのマドモアゼルは信心に凝り固まっちゃったわねえ……災い続きですもんねえ……」

教会ではエレーヌは何も恐れず、何も思わず、穏やかな夢に身を委ねた。だが敷居をまたいだとたん、真っ暗な街路に出たとたん、暗くて悪臭を放つ運河に沿って歩き始めたとたん、少女の胸はまたしても酷《ひど》い不安に締めつけられた。

時折、ローズ嬢は夢から覚めたように驚いて周囲を見回した。時折、何かぶつぶつ呟いた。苛立ったエレーヌが「一体何を言ってるの？」と声を上げると、彼女はびくっと身を震わせてくぼんだ大きな目をゆっくりそむけた。そして静かに言った。

「いいえ、何も、エレーヌ」

エレーヌの心に憐れみが溢れたが心は穏やかにならなかった。少女は怒りをこめて重荷のようにそれに耐え、絶望しながら思った。

〝私、今、意地悪になってる。他の皆と同じだわ〟

エレーヌは隣の書斎の扉から抜けてくる明かりが照らすサロンの鏡に映った自分の姿をじっと眺めた。繊細な白い木の羽目板に黒いしみをつける黒っぽいドレス、四角く仕立てた細い襟から突き出す細く浅黒い首。エレーヌにとっては金の鎖と青い七宝のロケットだけが富の〝徴《しるし》〟だった。少女がどれだけ退屈していたか……小娘みたいな格好をさせるからいけないのよ、と少女は思った。

〝大きな巻き毛、短いスカート……ロシアじゃ十四歳になったら女よ、もう……それ以外は……私、何が不平かしら？　誰だって私みたいなもんだわ。確かにどこの家も不倫してる女房、不幸せな子ども、忙しくってお金のことしか考えない男ばっかり。彼等は言うでしょ。金があれば皆が機嫌をとる、皆が微笑みかける、なんだってうまくいく、って。私にはお金があって、健康……でも、退屈だわ……〟

ある晩、そんな少女をチェストフが見て近づいた。彼は酔っていた。自分を見上げる肉の薄い顔を微笑んで見ながら言った。

「きれいな目だ……」

エレーヌはこの男が酔っているのが分かった。それより悪いことに、彼は最高値《さいたかね》で自分の国を売り渡した軽蔑すべき男だった。だが、初めて自分に目を留めた男……少女は自分の気持ちを説明できなかった。自分にのしかかってくる、と初めて感じた男の眼差しだった。眼差しは顔から下りて胸に、ドレスの下で痛む、育ち始めた小さな乳房に引き寄せられた。それからチェストフの目はゆっくりと小娘の小さくてまだ尖った肩のくぼみの優しい場所を探した。彼は少女の手を取り、口づけして立ち去った。その晩、人生で初めて少女は眠れなかった。恥ずかしく、悲しく、苦しいほど困惑していたが、暗闇の中で男の重く傲慢な目がまだ自分にのしかかるように感じてとても誇らしかった。だがそれ以来、チェストフへの恐怖が募り少女はあらゆる手を使って彼から逃れた。

別の晩、少女はパンを要求して街を練り歩く女たちの集団を初めて見た。女たちは風にはためく布切れを掲げて歩いていたが、怒号ではなく気弱で内にこもった嘆きの声がそこから上がった。

「パン、パン、私たちはパンが欲しい……」

彼女たちが通ると、一つ一つ戸口が閉まった。

エレーヌには隣室の声が聞こえた。

「こんな話を聞いた……」

「買いだ……売りだ……」

「噂じゃ……」

「騒乱だ、暴動だ、革命だ……」

だが実のところ、彼等はそんなことを信じていなかった。急流に流される人間ほどにも彼等はものを考えなかった。

「いつだって金はあるさ……」

「やることは一つだけ……買い、買いだ」

「何でも買っとけ……電球、歯ブラシ、缶詰……さっきレンブラントを一枚知らせてきたぞ。パン一切れでそいつが買えるんだ……」

騒乱？　彼等は手を振って払いのけた。彼等はそれを無視してはいなかった。見くびってもいなかった。だが苛立たしげな手の動きはこう語っていた。

〝ああそうか、だがそいつぁ続かんぞ。俺たちゃよく知ってる。そう、あんた方と同じで、そいつが頓挫して終わると思ってるさ。だいたい、俺たちゃ慣れっこだ。安定は退屈だし、怖い。分かってるさ。俺たちは完全に分かってる。だがな、俺たちをかき立て、喜ばせるのは富のしるしを賭けることだ。ダイヤモンドは没収される、株は明日はただの紙切れだ、絵画は燃えちまう。だけどそいつを賭けるんだ……〟

誰かが声をひそめて言った。

「ラスプーチンが殺されたらしい……殺したのは……」

ここで囁きは曖昧《あいまい》になった。彼等の目に、皇帝と皇室は未だに敬意と恐怖の光輝に包まれていた。

「そんなことがあり得るか?」

一瞬呆然として彼等はその話しを遠ざけた。そうそう、そのうち分かるさ。とにかく今は、賭けをやらせてくれ、酔わせてくれ、金《きん》を、宝石を積ませてくれ、せめて金《かね》を語り、金《かね》の夢を見させてくれ、金塊、宝石、ルーブルに触らせてくれ。明日のルーブル? いったい値打ちはどうなる? ああ! そりゃ明日だ……明日を思ってどうなる?……売りだ、売りだ、売りだ……買いだ、買いだ、買いだ……

「神様、パパをお守りください……」

母の名は心の中で切り捨てた。

「神様、ローズさんをお守りください……私の罪をお許しください。フランスを戦争に勝たせてください……」

4

二月革命が突然起こって去った。そして十月革命。街は殺気立ち雪に埋もれていた。秋のある日曜日、昼食は終わっていた。マックスがそこにいた。もうもうたる葉巻の煙が部屋に充満していた。肘掛け椅子の中に縫いこまれたドルとポンドの札束が静かに乾いた音をたてた。三時。大人たちは丸いグラスで上等なコニャックを飲んでいた。皆黙って、遠くから軽く聞こえてくる砲撃音を聞くともなく聞いていた。街の周辺で昼夜鳴り響く音だったがもう警戒する者もいなかった。

カロル氏はエレーヌを膝の上に引き寄せていたが、少女がそこにいるのをとっくに忘れていた。犬の耳を玩《もてあそ》ぶように無意識に少女を愛撫した。そして時々話をしながらエレーヌの髪の毛を強く引っ張るのでエレーヌは痛くてびくっとした。父の愛撫は荒っぽかったが、少女は母親がいらいらするのが嬉しくて不平を言わず我慢した。とは言え、少女は父の腕からすり抜けたかった。父は少女を引き止めた。

「ちょっと待て……お前は全然わしと一緒にいないじゃないか」

「宿題の準備があるのよ、パパ」

少女は父の日焼けした手にキスしながら言った。細くて長い指に分厚くて丸い金の結婚指輪を嵌《は》めていた。服従を象徴する昔風の指輪だった……

「ここでやればいい……」

「いいわ。パパ」

彼は少女の唇にコニャックに浸した砂糖の塊を一つ滑りこませた。

「ほら、エレーヌ……」そして直ぐに娘のことを忘れてしまった。

彼等は上海、テヘラン、コンスタンチノープルの話しをした。出発を迫られていた。どこへ行く？……危険は至る所にあった。だがそれは誰にとっても同じで、まだ軽く一時的なものと思われた。エレーヌは聞いていなかった。自分が乗り上げる地上の片隅の名前にまるで無関心だった。少女は床に下り、今度は赤い肘掛け椅子に坐って明日の予習をやった。〝ドイツ語会話〟の本だった。暗記しなければならなかった。

"die zwanzigste Lektion（第二十課）" 集まった家族の描写。エレーヌは小さな声で繰り返した。"Eine glückliche Familie（幸せな家族）"

"Der Vater（父は） ist ein frommer Mann（信心深い人）"

〝ああ！　なんて馬鹿馬鹿しい……〟少女は思った。

教科書の挿絵を眺めた。

青く塗った客間の中に〝幸せな家族〟が集まっていた。胸までかかるカールした金色の髭を生やした父はフロックコートを着てスリッパを履き、暖炉の側で新聞を読んでいた。胸当ての着いたエプロン姿の母〝Hausfrau〟は棚の小さな置物の埃を払っていた。娘がピアノを弾き、高校生がランプの下で勉強をやり、二人の幼子と黄色い犬、灰色の猫が部屋の真ん中の絨毯の上で、教科書の説明によれば〝それぞれの無邪気な楽しみに耽っていた〟

〝なんて嘘っぱち！〟エレーヌは思った。

少女は周囲の者たちを眺めた。彼等は少女を見ていなかった。だが、少女にとっても、彼等は非現実の遠い存在、空ろで、脆《もろ》く、血も実体も抜かれ半ば霧に溶けこんだ亡霊たちだった。少女は彼等から遠く離れた想像の世界に生きていた。そこでは少女が支配者で女王だった。少女はいつもポケットの奥にある鉛筆の端を握り、躊躇いながら、そおっとそおっと武器のように教科書に近づけた。

少女は書いた。

父は道で出会った女のことを考えている。母は愛人と別れて戻ったばかり。二人は……自分たちの子どもを理解せず、子どもたちは二人を愛していない。娘は恋人を、少年は学校で覚えたいやらしい言葉を思っている。幼子たちも大きくなったら彼等と同じ。教科書は嘘。世界には美徳も愛もない。どこの家も同じ。それぞれの家族の中には、ただ金儲け、嘘、お互いの無理解があるばかり。

少女は書くのを止め、手の中で鉛筆を回した。残忍で密やかな笑みが唇を掠《かす》めた。こんなことを書くと心がすっとした。誰も少女のことを気に留めていなかった。少女は自分の思い通り楽しむことができた。鉛筆に殆ど力をこめず書き続けた。だが、書くことと心の中に生じることを同時に考えると、決して経験したことがないくらい奇妙に素早く、軽々と全ての機敏な思考が唐突に固まった。少女はこの新しいゲームで遊んだ。冬の夜、顔と手に零《こぼ》れた自分の涙を見ていると、寒さで凍った花に変わるように。

どこもかしこも同じ。そして私たちの家も、同じ。夫、妻、そして……

少女は躊躇い、書いた。

愛人……

最後の言葉を少女は消した。そして、見るのを楽しみながら、もう一度それを書いた。そしてまた消した。文字を一つ一つ抹消し小さな矢と渦巻きを並べた。言葉は当初の見かけを失くし、触覚をつけた虫、棘のある植物のようになった。そうして、それは少女が好きな異様に禍々《まがまが》しく秘密めいて荒々しい模様になった。

「あんた何を書いてるの？　エレーヌ」

少女は思わずぎくりと身を動かした。その顔からゆっくり血の気が失せ、早くも老いて疲れた表情が突然浮かぶのを大人たちは驚き、警戒するように見た。

「まあ！　それ、いったい……何を書いてるの、よこしなさい！」ベラが命じた。

エレーヌは拳を握り締めてから、紙をひねり音もなく破り始めた。

ベラが飛びかかった。

「よこしなさい！」

エレーヌは必死に、震える指で紙をしわくちゃにした。だが教科書は分厚かった。すべすべした紙に描かれた挿絵は皺になっても破れなかった。少女はぞっとして、糊と粗悪なインクの臭いを嗅いだ。

少女は決してそれを忘れない……

「なんて馬鹿なの！……すぐに渡せないの？……気をつけなさいよ！　エレーヌ」

ベラは我を忘れて金切り声をあげ、小娘の肩を掴むと激しい怒りをこめて爪をたてた。エレーヌはドレスを通して鋭い爪先が自分の肉に食いこむような気がした。だが、涙もなく歯を噛み締めて本にしがみついた。ところが突然、本を床に落としてしまった。ベラはエレーヌが破いたページに飛びかかり、鉛筆で書かれたいくつかの文を読み、呆然と挿絵を眺めた。そして突然、厚化粧に守られた白すぎる顔に血が上った。

彼女は大声で叫んだ。

「やっぱり馬鹿ね！　親不孝、恩知らず、淫らな小娘！　どうしようもない嘘つき！　あんたはただの馬鹿よ、分かる？　ただの馬鹿な親不孝もんよ！　こんなことを、こんな軽率な、こんな馬鹿なことを考えるんなら書いたりしないもんよ、少なくとも、自分のために隠しとくわ！　よくもまあ、両親にこんな言葉を！　それで、どんな両親でしょ！　あんたのために、あんたの幸せのために犠牲になって！　あんたの健康のために、あんたの幸せのために震えて！　この恩知らず！　いったい両親がどんなもんか、あんた、分かってるの？……あんたにゃ神聖な存在なのよ！　この世でこれ以上大切なもんがあんたにあるはずないでしょうが！」

〝おまけがついたわ〟エレーヌは苦く思った。

〝こんな人たちが愛されたがってるなんて！〟

憤激し引き攣った母親の顔が少女の顔に近づいた。憎しみに輝き、怒りと恐れでかっと見開いた目を少女は見た。

「一体何が不足よ？　恩知らず。本もドレスも宝石もあるじゃないの！　見なさい」

母は青い七宝の小さなロケットを鎖から引きちぎり、ロケットが床に転がった。母は靴でそれを踏みにじり、怒りをこめて踏み潰した。

「この子を見て、この顔を！　一言の後悔もない！　一滴の涙もないわ！　ちょっと待ちなさいよ！　あんたをおとなしくさせてあげるわ、この私が！　これはみんな、あんたの養育係りのせいだわ。あの人があんたを両親から引き離したの！　両親を軽蔑することをあんたに教えたの！　さあ、あの人、荷造りしていいわ、分かるわね！　あの人にさよならを言えるわよ、あんたのローズさんに！　もうあの人に会えないわよ。……ああ！　こうすりゃ、こうすりゃ泣くわけ、へえ！　この子を見てよ、ボリス！……素晴らしい娘さんよね！　母親の私にも、あなたにも一滴の涙もないのに！　なのにローズさんのことを言ったら、まあこの通りしおらしく……ああ！　あんた口をきいてくださるのね、今度は！　何をおっしゃるのかしら、さあ、さあ！」

「あの人じゃないわ、ママ！　ママ、私が悪いの！」

「お黙り！」

「ごめんなさい、ママ、ごめんなさい！」

エレーヌは叫んだ。自分の屈辱だけが神の怒りを鎮める貴重な供物《くもつ》のような気がした。少女は絶望して思った。

〝好きにして！　ぶってもいい、殺してもいい、でもそれだけは！〟

「ママ、許して。もうこんなことしません！」

少女は叫んだ。自分の誇りに一番こたえる言葉、懲らしめられる子どもの言葉をわざと捜しながら。

「お願い、許して！」

だがもう自分に抵抗しないことが分かっても、ベラは怒りに身を任せた。或いは泣き叫んで夫をうるさがらせ、彼の思いをマックスから逸らしたかったのか？

彼女は扉に突進し、開けて呼んだ。

「マドモアゼル！　すぐ来なさい！」

震え上がったローズ嬢が駆けつけた。彼女は何も聞いていなかった。エレーヌに怯えた目を向けた。

「どうしたの？」

ベラが叫んだ。

「この小娘は……この小娘は恩知らず、嘘つきよ！　で、こんなふうに育てたのはあなたよ！　褒めてさしあげるわ！　でも、たくさんよ、こんなのもうたくさん！　なんでも我慢してきたけど、もう我慢ならない！　出て行きなさい、分かるわね！　私がこの家の主人だって教えてあげるわ！」

ローズ嬢は何も言わずその言葉を聞いた。顔色は変わらなかった。彼女の透き通るような顔をさらに蒼白にすることはできなかった……ベラの声が止んでも、まだ聞き続けているように見えた……憤激した声が彼女だけに聞こえるこだまを呼び覚ましたように。

彼女は怯えた静かな声で言った。

「分かりました。マダム……」

まだ口を開いていなかったマックスが肩をすくめた。

「まあ、ほっといてやれよ、さあ、ベラ……あなたは話しを大げさにし過ぎだ！」

「行きなさい！」

ベラは娘を怒鳴りつけ、じっと動かず黙っている顔に平手打ちを食らわせた。娘の顔に赤い爪痕がついた。

エレーヌは小さな叫び声を上げたが、涙を流さず父の方を振り返った。彼はまだ書きこみだらけの本を手にしていた。黙って立っていたが、後ずさりして壁に貼りつき身を縮めて暗がりに沈みこみたがっているようなしぐさがエレーヌの心を和らげ後悔でいっぱいにした。それは少女が知っている父の仕草だった。

エレーヌは父の側に寄り、噛み締めた唇の間から静かに囁いた。

「パパ、消した言葉が何だったか私に言わせたい？」

彼は乱暴に少女を遠ざけ、同じように小声で答えた。

「いや！」
それから少女と同じように唇を噛み締めて言った。（少女は彼が何も知りたがらず、この妻と家庭のポンチ画を愛し続け、地上に残された唯一の幻影を守りたがっていることを知った）
「行きなさい！……お前は悪い娘だ！」

5

いつもの晩のように、ローズ嬢はエレーヌのベッドの縁を折り蝋燭を運んだ。いつもの晩のように、静かな声で言った。

「早くおやすみなさい、何にも考えないで……」

彼女は暖かい手でエレーヌの顔をそっと撫でた。十一年繰り返してきた機械的なしぐさだった。そして溜息をついてベッドに入った。

エレーヌの心は張り裂けそうだった。長い間、蝋燭の光で静かな顔を絶望的に眺めた。とは言え、ローズ嬢も眠っていなかった……多分、エレーヌと同じように時計の音を聞いていた。煙の臭いが扉の下を抜けてきた。隣の部屋でエレーヌの両親が小声で話していた。時折、泣き声が小娘のベッドまで聞こえて来た。

「そうじゃないわ……ボリス、私、誓うわ、そうじゃないの……」

なんてぬけぬけと嘘を……

なおも言葉が聞こえた。

「子どもなんて恩知らずなもんよ……私たちより腹黒い外人女が好きだなんて……ほんとに、あの子を私たちから遠ざけたのはあのフランス女よ……」

それからははっきりしない囁き、涙声、父の疲れた声しか聞こえなかった。

「落ち着け、さあ……ベラ」

「私、誓うわ。あれは子どもよ……子どもが私を好きになったの……それが私のせい？　ね、あなた、私を知ってるじゃない……楽しむのが好き、それはそう、でも私から見りゃ、あんなの子どもよ。気をひいて楽しめたわ、時には。分かるでしょ、でも、はねっ返り娘かオールドミスの淫らな想像がいるわよ……私、あなたを愛している、ボリス……信じてくれないの？」

カロル氏の深い溜息が聞こえた。

「そうか、そうか……」

「じゃ、キスして、そんな目で見ないで……」

キスの音。蝋燭が消えた。エレーヌは絶望して考えた。

〝この人、死んでしまうわ……私なしにこの人が生きることはできない。この人は一人、ほんとに一人ぼっち……あいつら、これがどういうことか、なんで分からないの？……一人の人間を殺してしまうって、なんで分からないの？……ああ！　私、あいつらが憎い〟

少女は母とマックスを思いうかべながら言った。

〝どれだけあいつらが憎いか……〟

少女はかよわい手をきりきりと捻《ねじ》った。

〝あいつらこそ殺してやりたい〟少女はそう呟いた。

部屋の白い小棚、そこに飾った間の抜けた小像を揺るがせ髑髏《どくろ》を描いた古いフォードに乗ったアナーキスト、テロリストが外を通った。彼等は人気のない通りで機関銃をぶっ放した。だが、誰もそんな音を聞いていなかった。閉めた窓の向こうで、人々は疲れ果て何もかも諦めて眠っていた。

翌日、エレーヌがいるとベラは決して口を開かなかった。カロル氏は全く家にいなかった。ローズ嬢に面と向かうと、エレーヌはひどく気詰まりで口がきけなかった。もう一日経った。ローズ嬢はトランクを用意していた。それでも生活は続いていた。ごく坦々と……日常茶飯事に恐怖が混じりこむ熱い夢を見ているようだった。エレーヌは勉強した。母親の前で食事をした。何週間も前から電気が止まり、蝋燭の弱々しい炎が大きく暗い部屋の奥でかすかに揺らいでいた。正午から二時の間、エレーヌとローズ嬢は外出した。その時間は銃撃音が滅多に聞こえず、通りは静かだった。

見捨てられた屋敷の奥で、消し忘れた明かりが光っていた。窓には板が釘で打ちつけられていた。エレーヌの口が霧でいっぱいになり、むっとするような重い臭いを伴って喉に入った。その日、二人がそうして歩いていると、突然、エレーヌはローズ嬢の手を取っておずおずと握り、黒いウールの手袋の中のやせた指を自分の指に絡めた。

「ローズさん……」

ローズ嬢はびくっとした。だが何も答えず、エレーヌの手を下ろさせた。この触れ合いが彼女だけに聞こえる遥か遠くの音をかき乱したように。エレーヌは溜息をついて黙りこんだ。大気は黄ばみ、刻一刻と濃くなっていった。時々、通りはひどく暗くなり、エレーヌにはローズ嬢の体が厚みを失って霧の中に消えてしまいそうに見えた。不安に駆られて手を伸ばしローズ嬢を包んでいるコートに触った。そしてまた二人は黙って歩いた。時折奇跡的に灯ったガス灯が二人にぼんやりした明かりを注ぎ、曇った大気の中、揺れるもやを通して、やせた顔、きっと結んだ小さな口、黒いビロードの帽子が浮かび上がった。暗がりの中で、二月革命以降誰も掃除しようとせず、石を補強していない運河の毒のある臭いが立ち上った。水の重みで街は崩れ、ゆっくり陥没していた。無に帰してゆく煙と夢と霧の街。

「私、疲れた」エレーヌが言った「私、帰りたい」

ローズ嬢は何も答えなかった。しかし、エレーヌにはその唇が動いたように見えた。だが声は全然出てこなかった。その上、霧が声をかき消した。

二人は歩き続けた。

〝遅くなったわ〟エレーヌは思った。

お腹も減っていた。少女は尋ねた。

「何時かしら?」

答えはなかった。腕時計で時間を見たかったが暗闇はあまりにも深かった。二人は冬宮殿の大時計の前を通った。エレーヌはそれが鳴るのを聞くために歩みを緩めたが、ローズ嬢は歩き続けた。エレーヌは彼女に追いつくために走らなければならなかった。

それから、大時計は壊れていてもう動いていないことを思い出した。

霧が突然ひどく濃くなりローズ嬢に追いつくのが大変だった。だが通りは真っ直ぐで、少女はすぐに見慣れたウールのコートを捕まえた。

「待って、ねえ、なんて早く歩くの……私、疲れちゃったわ。帰りたい」

少女は待ったが答えはなかった。苛立ち、怯《おび》えた声で繰り返した。

「私、家に帰りたいの……」

そして突然、ぎょっとしながらローズ嬢の独り言を聞いた。口調は穏やかで理性的だった。

「遅いわね。でもお家《うち》はすぐそこ。なんでランプを点けなかったのかしら？　ママは夜になったら窓辺にランプを置くのを絶対忘れないのに。私たち、私と妹たちはそこに坐って縫い物をして、本を読んで……マルセルが着いたのは知ってる？」

彼女はエレーヌの方を振り向いて言った。

「あの子、あなたが大きくなったと思うでしょうね……あの子があなたをおんぶしてノートルダムの塔に上った日、覚えてる？　あなた、どれだけ笑ってたでしょ……もうあなた、あんまり笑わないわね、可哀想に……聞いて。あなたについてる必要はないって、私、分かっていたの……はっきりそう言われたしね……誰にかしら？……忘れちゃったわ……人の子どもについてる必要なんて全然ないのよ……私だって、私だって子どもがいたかもしれない……あなたの年になってたはずよ……私、セーヌに身を投げたかった……恋よ、分かるでしょ……でもだめね、私、年をとっちゃった……私、お家に帰らなきゃ。あなたなら、よく分かってくれるでしょ、エレーヌ……私、ひどく疲れちゃった…

…妹たちが私を待ってるわ。ちびのマルセルにも会えるし……」

彼女は皮肉に小さくふっと笑った。それは辛い溜息で終わった。それからもっと落ち着き、もっと坦々とした様子で脈絡の無い言葉をいくつか口にした。彼女はエレーヌの手を取り直し今度は力をこめて握り締めた。エレーヌは彼女に着いて行った。全てが夢の底をぼんやり歩いていると思えるほど奇妙だった……二人はネヴァ川にかかる橋を渡った。橋を守る跳ね馬の青銅の尻が僅かに軽い雪を被っていた。台座の前を通りながらエレーヌが手をぶつけると雪が落ちてコートに掛かった。少女はもう一度、溜息で終わるかすれた小さな笑い声を聞いた。だが、直ぐまた霧が降りた。二人は通りに沿って歩いた。ローズ嬢は先を急ぎ、じれったそうに繰り返した。

「速く、速く、もっと速く行きましょ……」

通りに人影はなかった。一人だけ、宮殿の角から水夫が姿を現した。手にした金《きん》の嗅ぎ煙草入れを、エレーヌの鼻の下に突きつけた。消されないまま金の蓋に残っている黒ずんだ血痕を少女ははっきりと見た。男は霧の中を半身が漂っているようで足と頭の上の方は見えなかった。それからもうもうたる煙が彼とエレーヌの間を通り抜けた。男は宵闇の中に溶けてしまったように見えた。

エレーヌは必死に叫んだ。

「止まって！……放して……私、帰りたい！……」

ローズ嬢はびくっとして手を緩めた。エレーヌは彼女の微かな溜息を聞いた。もう一度ローズ嬢が口を開いた時、錯乱の発作は過ぎ去ったようで彼女は静かに言った。

「怖がらないで、リリ……帰りましょ。しばらく記憶を失くしちゃって。通りの先、あそこに明かりが見えるでしょ。あれでお家を思い出しちゃったの……あなたには分からないわね……でも、ああ、あれは全部過去のことだって、私、今、しっかり思い出したわ。あんなふうになっちゃうの銃声のせいかしら……一晩中窓の下で聞こえるんですもの。あなたは寝てるけど……でも私の年になると夜が長くて」

彼女は黙り、不安そうに言った。

「あなた、叫び声が聞こえない？」

「いいえ、いいえ。早く帰りましょ。あなた、病気だわ」

二人はどちらに向かえばいいのか分からなかった。エレーヌは寒さで震えていた。時々、通りや霧の中の建物に見覚えがあると思った。霧の海から高い銅像の台座が現れた。二人はネヴァ川に近づいていた。だが霧は一段と濃くなり、壁につかまって歩かなければならなかった。

「あなたが聞いてくれてたら、今頃こんなに迷ってなかったのに」

エレーヌは腹を立てて言った。

だがローズ嬢は盲目的な確信を持ち奇妙なくらい速く歩いた。エレーヌは無意識に彼女のかわうそのマフに手を当て、毛皮に縫いこまれた菫の造花に触った。

「あなた、道、分かってるの？　私、全然分かんない。ローズさん！　返事をして！　あなた、何を考えてるの？」

「何を言ってるの？　リリ。もっと大きな声で言って。私、聞こえないわ……」

「霧で声が消されちゃう……」

「霧と叫び声。あなたに叫び声が聞こえないなんて変だわ……遠い、とっても遠い。でも凄くはっきりしてるのに……可哀想に、あなた疲れちゃった？……でも何でもない、何でもないわ、急ぎましょ、急ぎましょ」

彼女は不安げに繰り返した。

「ああ！　何でかしらね？」エレーヌは苦く言った。

「誰も私たちを待ってないわ、ね……あいつら、自分のことばっかり……あいつはマックスと一緒……ああ！　なんてあいつが憎らしいんでしょう……」

「しっ！　しっ！　それを言っちゃいけないわ。それは駄目よ……」

ローズ嬢が静かに言った。

彼女は極端に早足でまた歩き始めた。エレーヌは尋ねた。

「でも、あなたどこに行くの？　考えてみて……どこに行くのか分からないんでしょ……私たち絶対家から遠ざかってるわ」

ローズ嬢はじれったそうに答えた。

「分かってるわ……心配しないで……私に着いて来て……もうじき休めるわ……」

突然、彼女は手を振り解《ほど》いた。彼女がつけていたマフだけがエレーヌの指の間に残った。ローズ嬢は何歩か歩を進め、おそらく、通りの角を曲がった。たちまち霧が彼女を呑みこんだ。彼女は影のように夢のように姿を消した。

エレーヌは叫びながら彼女を追って身を躍らせた。

「待って……お願い！　どこに行くの？　あなた死んじゃうわ！　通りは銃弾が飛んでくる！　あぁ！　待って、待って、お願い……私、怖い！　あなた、酷い目にあっちゃう！」

エレーヌには何も見えなかった。四方八方、霧に囲まれていた。遠くに人影が見えたような気がした。少女はそちらに駆け寄った。だがそれは民兵で少女を押し退けた。少女は叫んだ。

「助けて！　私を助けて！……ここを通る女の人、見ませんでしたか？」

だが民兵は酔っていた。それにこの頃、助けを求める子どもの声などありふれていた。彼は壁につかまって行ってしまった。その時、少女はあんまり速く走り過ぎた、ローズ嬢のかよわい足ではこんなに遠くまで来られない、と思った。少女は引き返した。煙のようにゆっくりと旋回する重たい霧の中を少女は進んだ。時々、高い建物、街灯、橋のアーチが姿を現したがすぐに消えた。少女は絶望して思った。

「絶対、あの人見つからない！」

霧にかき消された微かな自分の声が耳に入った。

「ローズさん……ああ！　大切な、大切なローズさん……私を待って、私に答えて！……あなた、どこにいるの？……」

弱々しい明かりが光って見えた。少女は身を屈めた。男たちが死んだ馬をとり囲み、黙って死体を部分部分に解体していた。一つの手がランタンを掲げた。暗闇の中でにやりと笑う男の黄ばんでむき出しなった長い歯が目に入った。少女はきゃっと叫んで知らない通りに駆けこんだ。通りは高い建物と建物の間に入りこんでいた。息が切れた。一足ごとに途切れる息の鋭い痛みを感じた。自分が何処にいるのか分からなかった。恐怖ともうもうたる霧に惑い、もう何も分からなかった。あの男たち、あの不吉な明かり、あの忌まわしい長い歯から遠く逃げていた……時々、少女はなおも呼んだ。

「助けて、助けて！　ローズさん！……」

だが、少女のか弱くぜいぜいした声はすぐに消えてしまった。それにこの時代、助けを呼ぶ声はたまに通る通行人を自分の家に急がせるだけだった。少女は逃げ続けた。遠くに灯った街灯が見えた。通りに一本しかない街灯は赤い光輪に包まれた青白い光を放ち、黒い地面と渦巻く霧の一画だけを照らしていた。少女はそこまで走り、真っ暗な空間を一っ飛びでまたいだ。息を切らして街灯にもたれかかり、湿った雪を被った青銅の支柱を友達の体のように抱きしめた。少女は手で雪を掴んだ。冷たい感触で気が静まった。必死に人影を探したが誰も見つからなかった……通りはがらんとしていた。高い建物の同じ四辺形を何度も回った。建物は霧の中に消えてはまた現れた。一度、通行人とぶつかった。だが顔に息を吹きかけられた時、未知の男のたじろいだ目にじっと見詰められた時、恐怖で息が止まりそうになった。少女は自分を引き止める手を力いっぱい払い退け、もう一度もっと遠くに駆け出した。歯を噛み締めて叫びながら。

「ローズさん！　あなたはどこ？　どこにいるの？　ローズさん！」

だがエレーヌは心の底で自分がもう二度と彼女に会えないことをよく知っていた。とうとう立ち止まって絶望的に呟いた。

「帰らなきゃ、なんとか帰らなきゃ……あの人、もしかしたら家に？」

その時、エレーヌはローズ嬢がどの途《みち》すぐ出て行かねばならないことを思い出した。少女は声を上げた。自分の唇から洩れた言葉が辛い驚きとともに耳に入った。

「もし、あの人が死ななきゃならないんなら……もしその時が来たんなら……この方がいい、ああ……」

涙が頬を伝った。自分が運命と戦い抜かなかったためにローズ嬢を運命に委ねてしまった、と少女は思った。今、波止場に来ていた。手に凍てつき湿ったみかげ石を感じた。寒さに身震いした。風が立ち、大気を猛烈な音で満たした。

水の臭いが急に薄らいだ。ペテルブルクの運河の饐えた臭いは少女にとって街の息そのものだった。霧が消え遠くでゆっくりと旋回した。少女は運河の水を長い間眺めた。

〝ここにしっかり身を投げてやる〟少女は思った。

〝私、死にたい……〟

だが、少女は自分の嘘をよく知っていた。今、目にしている全て、感じている全て、自身の不幸、孤独、この黒い水、あの風に揺れるランタンの炎、全て、自分の絶望までが少女を生に向かって投げ返した。

少女は立ち止まり、ゆっくりと額に手を当て声高く言った。

「いいえ。私はあいつらのものにはならない。私には勇気がある……」

少女はぷくぷく動く渦のあやしい魅力に打ち勝とうと強いて水を見た。風を精一杯吸いこんで思った。

〝せめてそれを私に残して……私は意地悪、心は無慈悲で許すことを知らない、でも、私には勇気がある……力をお貸しください！　神様……〟

そして泣くまいときつく歯を噛み締めながらのろのろと帰った。

6

ローズ嬢はその晩、病院で死んだ。民兵たちが彼女をそこに運んでいた。彼女は道端で意識を失って倒れていた。彼女のコートのポケットに残っていた一通の手紙、彼女が受け取った最後のフランスからの手紙の封筒に名前が書いてあったので身元が分かった。

カロル家に知らせがあった。エレーヌは話しを聞いた。ローズ嬢は苦しまなかった。くたびれた心臓が止まっていた。おそらくホームシックが引き起こした錯乱の発作だった……彼女は長い間病んでいたにちがいない、と。

エレーヌの母は少女に言った。

「可哀想に……あんなにあんたを可愛がってくれたのにねえ……少しはお金を渡すつもりだったから静かに暮らせたでしょうに。もっとも、あの人一人ぼっちになってたわ。だって私たちは出て行くし、あの人を連れては行けなかったでしょうしね……この方が良かったのかもしれないわ」

だが、あまりにも死者の多いこの時代、この時もその後も、エレーヌをぐずぐずと慰めている暇《いとま》は誰にもなかった。母は繰り返した。

「可哀想に……考えてみて、この子、どんなに怖かったことでしょ。病気になんなきゃいいけど。それじゃ泣きっ面に蜂よね……」

昼が過ぎ、エレーヌは誰もいない部屋に一人でいた。そこには死者の私物がまだ全部残っていた。煙のように軽そうな髪がなんとか見える古い写真には妹たちに囲まれた二十歳の彼女が写っていた。ほっそりして丸みのある体にバックルのついたベルトを締めて顔を包み、首にビロードのリボンを巻き、ほっそりして丸みのある体にバックルのついたベルトを締めていた。長い間、少女はその写真を眺めた。泣かなかった。石のように硬く重い心が涙の重みで埋め尽くされるような気がした。

出発は翌々日と決まっていた。彼等はフィンランドに行くことになった。カロル氏は女たちを連れて行き、モスクワの友人の家に残しておく金塊を取りに戻って来る。マックスも一緒に発つ。彼の母と妹たちは逃亡してコーカサスにいたが、彼は彼女達と合流するのを拒んでいた。カロル氏は目をつぶった。エレーヌには隣室で両親がベラの宝石を数え、自分たちの衣服に縫いこむ音が聞こえた。押し殺した彼等の囁きと金《きん》のかちゃかちゃした音が聞こえた。エレーヌは思った。

〝もし私が知っていたら、もしあの不幸な人が狂ってしまうと分かっていたら……もし私が大人たちに話していたら……あの人は治療を受けて、治って、まだ生きていた……〟

だがすぐふっと苦笑して首を振った。ああ、神様、誰にそんなことをしてくれる時間が？　今時、人の健康、命に何の大切さが？　誰かが死に誰かが生きる、それがどうしたと？　街の通りでは男たちが死んだ子どもたちを袋の中に縫いつけて墓地に運んでいた。一人一人代金を払って棺に入れるには数が多すぎた。少女の記憶の中に、何日か前の自分が甦った。二つの授業の合間、指にインクが滲み上っ張りを着た大きな巻き毛の少女が、窓に貼りつき、目を伏せず、叫び声も上げず、食い入るように一人の男の処刑を見ていた。唇まで真青《まっさお》になったのが唯一目に見える感情の証だった。五人の兵士が並び、壁の前でもう傷を負った男が包帯をした血まみれの頭を酔っぱらいのようにぐらつかせながら立っていた。男は倒れ兵士が運んだ。別の日に、見知らぬ死んだ女を黒いショールに包んで担架で運んだように。その同じ窓の下で犬が飢えて死んだように。痩せ衰えた彼の腹は口を開け血が流れていた。そして少女は勉強机に戻り、蝋燭の青白い小さな炎の下でまたたどたどしく読み始めた。

〝ラシーヌは人間をあるがままに描く。そしてコルネイユはあるべきように描く……〟

或いは、まだ変わっていない歴史の教科書で、

〝我らが敬愛する現皇帝ニコライ二世のご父君はアレクサンドル三世といい、ご即位は……〟

生も死も、これだけのこと……

重たい頭が胸まで垂れた。しかし少女が何より恐れたのは眠りだった。眠らない、忘れない、目覚めて、空《から》のベッドに親しい顔を捜さない……目覚める時、不幸の意識はまだぼんやりしているから……

……

少女は歯を噛み締め暗闇に目を向けた。だが暗闇は恐ろしく、苦痛に歪んだ顔、黒い水の渦に満ちている、と思われた。窓に貼りついた霧の青白い粒を月が照らしていた。水の臭いが閉じた窓を通り抜けて床から自分の方に這い寄って来るような気がした。そして、恐ろしさのあまり顔を背けた時、少女は改めて空のベッドを見た。

内なる声が囁いた。

〝行きましょ。そこにいる両親を呼びましょ。あなたが苦しみ、怖がっていることを二人は分かってくれる。他《ほか》の所で寝かせてくれる。この平たい空のベッドを片づけてくれる〟

だが、せめて、少女は自分の誇りを無傷なままにしておきたかった。

〝一体、私は子ども？　死ぬのが、不幸になるのが怖いの？　孤独が怖いの？……いいえ。私、誰も呼んだりしない。特にあいつらは。あいつらなんか、いらない。あいつら皆《みんな》より私の方が強いの！　あいつら、もう私の涙を見られない！　あいつらが私を助けることなんかできない！　もうあの人の名前は絶対口にしない……あいつらにそれを聞く値打ちなんかない！〟

翌日、引き出しを整理し、ローズ嬢のつましい身の回り品をトランクにしまったのは少女だった。肌着、本、一つ一つの襞《ひだ》、一つ一つの丁寧な繕《つくろ》い迄知っているブラウスの上に戻ってきたコートを置いたのは少女だった。コートにはまだ霧の臭いが沁みこんでいた。そして蓋を閉め、鍵をかけ、家族の誰の前でも二度と再びローズ嬢の名前を口にしなかった。

第三部

1

橇《そり》はほんのわずかに見える明かりに向かって走った。明かりは雪の起伏の中に現れ、消えそうになってはまた現れて親しげに輝いた。夜は澄みわたり、寒さは厳しかった。フィンランドの雪原は岩一つ、丘一つなく、一つの氷の流れから地平線へと広がっていた。そこまで地球の形に寄り添うように、撓《たわ》み、穏やかに傾斜していた。

エレーヌはこの朝、ペテルブルクを発っていた。十一月になったばかりだったが、ここは真冬だった。風はなかったが、凍った息吹が大地から吹き上げた。暗い空、星たちをめがけて嬉しげに噴出し、その息がかかると星たちは風の中の蝋燭のように瞬いた。星の輝きが息で曇った鏡のように翳って揺らめいた。それから凍った蒸気が消えた。星は輝きを増し、雪は一種青白い火で薄っすら輝いた。それはとても間近に見え、手を延ばすだけ……髪の毛が届きそうだし、手で掴める……だがそうはいかなかった。橇が絶えず前進しても薄っすらした輝きは後ずさりし、からかうようにまた煌《きらめ》いた。

道を曲がると地平線の明かりが大きくなった。馬の首に吊るした鈴の列が揺れ、ひとつひとつが一層楽しげな音をたてた。エレーヌは突風が耳に吹きつけるのを感じた。馬の歩みがまた遅くなり、鈴の音も静かで緩《ゆる》やかになった。

エレーヌは橇の奥で両親に挟まれマックスの前に坐っていた。彼女は彼等を避《よ》け、顔に掛けていたショールを開いて冷えたワインのように空気をがぶりと飲みこんだ。三年というものペテルブルクの腐った水の饐えた臭いしか嗅いでいなかった。澄んだ空気が開いた鼻腔と口から体の奥まで、心臓まで、思いっきり流れこむ快感が甦った。その時、心臓は一層力強く、健康に鼓動するように思われた。

カロル氏は手を延ばし、更に近づいた明かりを指差した。

「宿舎だろう？　多分」

馬のひずめの下で雪の塊が飛び、エレーヌは樅の木、氷、大気、風の匂いを感じた。それは決して忘れられない北国の呼吸そのものと思われた。

彼女は思った。

〝気持ちいいわ〟

宿舎がもっと近づいた。もうそれが見えた。二階建ての簡素な木の館《やかた》だった。雪を被った門が軋《きし》みながら開いた。

「さあ、着いたぞ！」カロル氏が言った。

「わしはウォッカを一杯やって、引き返すぞ」

「なんですって？　今晩すぐに？」ベラは嬉しさに身を震わせて叫んだ。

「そうだ。そうせにゃならん。遅れたら危ない……国境は早晩封鎖される……」

カロル氏は言った。

「ああ！　私たちどうなっちゃうのかしら？」ベラが叫んだ。

彼は身を屈めて彼女にキスした。だがエレーヌはまるで目を向けなかった。彼女は大地に飛び降りた。硬く、ダイヤモンドのように光る地面を嬉々として踵《かかと》で叩いた。凍てつく澄んだ空気、冬の夜の息吹を吸いこんだ。一つの窓に赤く輝く灯が灯り、人気《ひとけ》のない田舎にワルツの曲が響いた。

エレーヌは何よりも短い人生で決して味わったことがない平穏、深い安らぎを感じた。それから直ぐに強壮剤を飲んだ後の充足感のような子どもっぽい歓び、一種陽気な熱が魂を満たした。彼女は館《やかた》の中に駆けこんだ。両親は友人たちと再会し、戸口で話をしていた。開いた扉から彼等の言葉が聞こえるともなく聞こえてきた。

「革命……赤ども……少なくとも冬中はもつだろう……」

「ここは静かなもんだ」

男が甲高い声で叫んだ。

「ここらのコミュニストは子羊、羊さ……神よ、彼等をお守りください……バター、小麦粉、卵はあるぞ……」

「小麦粉はないじゃない。話しを大げさにしちゃだめよ」女が言った。

「天国に小麦粉が残ってるって言われたって、私、信じないことにするわ」

エレーヌには彼等の笑い声が聞こえた。彼女は玄関に入った。この後、スケート靴を脱ぐためにしょっちゅうそこに足を止めねばならなかった。開いた扉から食事部屋が見えた。二十人分の食器を整えた大テーブルのある一種の食堂だった。床も壁も家具も、同じ金色に光るねばねばした木材で、伐りたての樅の木の芳香を放ち、深く切りこんだ芯から樹液が流れていた。だが、エレーヌが特に驚いたのは館を満たす楽しげな声だった。忘れていた子どもたちのきゃっきゃとした叫び、若々しい声が聞こえた。子どもたちが一団ずつ外から帰って来た。橇を肩に乗せ、首に巻いた皮ひもにスケート靴を吊るし、夜の寒さで頬を火照らせ、髪には雪が降りかかっていた。エレーヌはこの子たちに見下すような一瞥をくれた。彼女の方がこの子たちよりずっと年上だった。彼女は十五になっていた。老女のように溜息をついて首を振った。ニースで夢見た年にこんなにあっという間に、こんなに悲しい時代になってしまった。あの頃、自分は幼く、ローズ嬢は生きていた……心に苦しみの波が立った。彼女は何歩か進み、扉を開いて侘しい小さなサロンを見た。若い娘たちが踊っていた。彼女たちはエレーヌを冷ややかに見た。玄関に戻ると金髪で赤い丸々とした頬っぺたをした二人の少年が遊んでいた。肩に雪を被った若者が戸口に現れた。子どもたちが「パパ！」と叫んで彼に駆け寄った。彼は子どもたちを腕に抱きとめた。ヘアバンドできちんと黒髪をまとめたとても美しい女性が穏やかな微笑を浮かべて扉を開け、優しくからかうような調子で若者に言った。

「まあ、フレッド、なんて格好！　ねえ、子どもたちを放して。雪だらけになっちゃうわ！」

若者は笑って体を揺すり、エレーヌに気づいて彼女に微笑みかけながら毛皮の縁なし帽を脱いだ。それから妻の方に行き、妻はその腕をとった。女中が子どもたちを呼びに来た。子どもたちは母親の黒いタフタ織のゆったりしてさらさら音をたてるスカートにぶら下がっていた。母は子どもたちにキスしようと身を屈めた。エレーヌは彼女が先に二個真珠が着いた長い金のイヤリングをしているのを見た。真珠が黒髪の中で光っていた。襞《ひだ》の入ったリネンの襟を着け、素手がきれいだった。彼女は自分を見詰めるエレーヌの視線を感じて同じように微笑んだ。そして夫が扉を開けて二人は姿を消した。絹のドレスの衣擦れの音が聞こえ、またピアノが鳴った。その女性が暖かく優しい声でフランスの恋歌を歌い始めた。エレーヌは幸せな物思いに耽りながらじっと聞き入った。自分を呼ぶ父の声がやっと聞こえた。彼は発つところだった。彼女は彼に駆け寄った。彼は優しく娘にキスしたが、表情はこわばり不信が滲んでいた。それが彼が娘に示すことにした唯一の感情だった。彼は自分たちが乗って来て階段の前に待たせていた橇の奥に坐り、出発した。

エレーヌは庭に飛び出した。宛てもなく息を切らせて駆け回り、雪の匂いを嗅いだ。足下に延びた白く凍った道が階段のランプに照らされて微かに煌いた。こんな風に走るのがどんなに嬉しかったか……彼女の足はもう女の足の形になっていたが、俊敏さを全く失っていなかった。夕食を告げる鐘が鳴った。エレーヌはこのほっとする規則正しさ、心地よい習慣という事実一つに異様な喜びを感じた。厳《おごそ》かな夜の中で小さなおんぼろピアノが力強く恋歌の和音を奏で、暖かい声が鳥の歌声のように、矢のように、さりげなく凍える空に昇って行った。

暗がりから大きな黄色い犬が出てきて湿った鼻をエレーヌの手に押しつけた。彼女は犬を抱きしめてキスしてやった。暖かいポタージュとこの頃小麦粉の代わりにしたじゃが芋の練り粉の匂いがした。エレーヌは〝おなかが減った〟と思い、館の方に駆け戻った。空腹感そのものがエレーヌには新鮮だった。事実、それは食糧がまだ欠乏しきってはいないものの不足気味になっていたペテルブルクで時々経験したしつこく不愉快な食への欲求とは違っていた。彼女は館の周囲を回って台所に近づいた。赤い竈《かまど》、点されたランプ、炎に照らされた白いエプロン姿の女性が見えた……なにもかもがなんと落ち着いて！　改めて、彼女はローズ嬢を思った。だがつい先日のことなのに、思い出はもう力を失っていた……多分、悲劇的な恐ろしさのせいで、エレーヌの記憶の中でそれは一種詩的で悲痛な夢に変わっていた……彼女は心ならずも自分がお気楽で冷淡だと思った。解放感を感じる自分を恥じた。だがこうも思った。

〝もう、何も怖くない。あいつらが何をしようと私を苦しめられない。だってあの気の毒な女性はもういないんですもの〟

彼女は小さなサロンの窓の下に戻って厚く硬い雪の中に心地よく沈みこんだ。雪が静かにきしんだ。赤い布切れの掛かったランプが部屋を照らしていた。〝フレッド！〟と呼んだ黒いドレスの女性は今、静かにワルツを弾いていた。若い夫が彼女の方に身を屈め、肩に口づけした。奇妙に詩的で甘く昂揚した感情がエレーヌを満たした。彼女は乗っていた雪の塊から飛び降りた。二人は多分、宵闇の中に消える彼女の軽やかな姿を見た。女性は身を屈めて微笑み、若者は笑いながら指でエレーヌを脅した。彼女は逃げた。心臓は楽しく鼓動し、忘れていた笑い声を宵闇の中で聞くのが嬉しくて、訳もなく、とても静かに笑った。

2

国境は未だ封鎖されていなかったが、汽車が越える度にこれが最後と思われた。ペテルブルクへの旅はその都度《つど》難業で、狂気の沙汰だった。ところが、ベラ・カロルとマックスは毎週色々な口実を設けてはそこに戻った。というのも、二人にとって見捨てたペテルブルクの屋敷ほど落ち着く場所はどこにもなかったのだ。ボリス・カロルはモスクワに閉じこめられて出られなくなっていた。サフロノフ家の人たちはコーカサスを離れていたが、マックスは家族がペルシャかコンスタンチノープルに無事着いたか分からなかった。十二月の初め、彼は自分の母親から一通の手紙を受け取った。彼女は彼が自分の下《もと》に戻るように懇願していた。自分が一人きりで年老いて病身であると言い、〝あんな浅ましい女……〟のために彼が自分を棄てたと嘆き、〝あの女はあなたを破滅させる、気をつけなさい〟と書いていた。〝私はあなたに会わずに死んでしまう。あなたは私を愛しているでしょ、マックス。私の頼みを拒絶したら、あなたは自分を許せないでしょう。来なさい、何としてでも来なさい……〟

だが、彼はロシア南部が白軍に占領され、横断が不可能になる日まで出発を遅らせていた。それが分かった日、彼はベラの部屋に来てエレーヌがいるのを気にも留めずこう言った。

「僕は自分の家族にもう会えない気がする。僕にはもう世界にあなたしかいないんだ」

二人がペテルブルクに発つと、宿舎の住人たち、特に最初の晩エレーヌが見た若い人妻のゼニア・ルスとハースという老婦人が一人残されたエレーヌを何かと気遣ってくれた。ハース夫人はベラのことをこう言った。

「あれが母親ですって？……母親のポンチ画よ、ねえ！」

フィンランドでは良識が生きていた。財産も、階級も、ロシア人も、〝良家のお生まれ〟のユダヤ人（仲間内では英語をしゃべり、高慢な恭《うやうや》しさで自分たちの宗教儀礼に従う連中）も、成金も、懐疑主義者も、自由思想家も、金満家も、嵐の晩の通行者たちのように身を寄せ合って分け隔てなく親しんだ。

夜は一同、荒れ果てた小さなサロンに腰を据えた。常連たちがブリッジテーブルを囲んで坐った。太鼓腹で首が真っ赤なサロモン・レヴィ、スウェーデン系のロシア人で揃って背が高く痩せて青白い顔をして煙草の煙の中で姿が見えないルナール男爵夫妻。男爵は穏やかでかすれた声をして娘のようにすましてそっと笑った。一方その妻は擲弾兵のような荒っぽい調子で露骨な話しをし、一晩でカラフ一杯のコニャックをやるが、主の名が発せられるやいなや機械的に絶えず十字を切った。

ハース夫人の夫、ハース老人もそこに来た。痛々しい心臓病患者で、肩掛けをして、目の下の青い浮腫《むくみ》が体を徐々に蝕《むしば》む死を明かしていた。彼はカードをやり、妻は隣に坐って不治の病にかかったとても大切な人の面倒を見る人に特有の心配と期待と憂鬱がないまぜになった表情を浮かべて夫を見守っていた。きれいな真珠の〝首輪〟をはめた彼女はほんの時折振り向いて力強く灰色の頭を掲げ、視野をかすめる人たちに柄つき眼鏡の光を投げかけた。女中たちが石油ランプに火をつけた。若い女房たちは軽く軋《きし》んで坐り心地の悪い小さな竹の長椅子に腰掛けて、刺繡したナプキンに針を立てた。ルス夫人もその中にいた。女房たちは彼女のことをこう言い合った。

「あの人、きれいよね……」

そしてちょっと間を置いて付け加えた。

「素敵なご主人をお持ちだわ……」

それから静かに首を振って思わず鷹揚《おうよう》な笑みを唇の端に浮かべ、望めばもっと長くその話しができる女の上辺は憤慨していても得意げで秘密めかした様子でこう締め括った。

「あのフレッド……なんてろくでなしかしら……」

フレッド・ルスは三十歳、異様に若々しい顔、楽しげに輝く黒い目、いたずらっぽい強い眼差し、真っ白い歯の持ち主だった。子どものようにその場にじっとしていられず、いつでも跳んだり滑ったりしそうだった。飛び乗れる椅子なら避《よ》けて回れず、自分の子どもたちと雪の中を駆け回って遊んだ。その間、美しい妻は静かに、ちょっと気遣わしげに母親の優しさをこめて微笑みながら彼を見詰めていた。フレッド・ルスはただ一人愛している長男を見る時以外、真剣にならなかった。どんな心配事も、務めも、苦しみも、冗談、弾ける笑い、逃げ口上でさらりとかわした。笑いは溢れ迸《ほとばし》り出て子どもの笑いのように抵抗できなかった。口は悪いが茶目っ気があった。女たち、特に自分の妻といると彼は甘えん坊を演じた。ハース老夫人さえ彼がお気に入りだった。彼の行く先々で喜びが生まれた。若さは変わらぬように見え成熟することを知らないが、突然年をとり、刺々《とげとげ》しく、意地悪で、横暴になる男の一人だった。だが、彼はまだ若かった……

夜が更けた。女中たちが腕やエプロンにぶら下がった子どもたちを寝かせに行った。凍った窓が徐々に湯気に覆われ、ランプが曇って瞬いた。

ユダヤ人たちは取引話しをした。気晴らしのためか習慣を失くさないためか、ボルシェヴィキに何ヶ月も前に没収された土地、鉱山、家を売り合った。政府のそんなやり口が続くと見る方が馬鹿げていた。皆が見るところ、せいぜい二ヶ月か三ヶ月……悲観主義者も長く見て一冬。彼等はルーブル、フィンランドのマルク、或いはスウェーデンのクローネの為替相場にも手を出した。相場はあまりにも気まぐれで、フラシ天と竹で飾られた侘しく暗い小さなサロンの中で、あっと言う間に財産ができたり失《う》せたりした。その間も、外では雪が降り続いた。

ロシア人たちは偉そうに疑り深く聞いていた。それから大いに興味をそそられて椅子をにじり寄せた。夜の終わりには、彼等は今〝イスラエル人〟と呼ぶ者たちの首に親しげに手を回していた。

彼等は仲間内でこうも言った。

「本当に奴等は悪く言われたもんさ。魅力ある奴だっているのに……」

ユダヤ人たちは言った。

「奴等は人が言うような馬鹿じゃあまるでない。王子だって必要とあらば素晴らしい株取引をやったかもしれんぞ」

かくて、不幸な時代のせいで向かい合った相容れぬ両民族は親しみ合い、利益、習慣、逆境によって結ばれて一つの幸せな小社会を構成した。

太い葉巻の煙がゆっくり空気中を上っていった。毎日値打ちが下がる札束が床に散らばっていたが誰も拾い集めようとせず、しょっちゅう犬が噛みちぎった。時々、人々は積もった雪を軋ませながらテラスに出て地平線で微かな明かりが燃えているのを眺めた。

「テリヨキ*が燃えてる」

＊ Terrioki　ロシア国境に近いフィンランドの都市。現在のゼレノゴルスキ。一九一八年十二月ソ連軍に占領され首都に定められた。

彼等はそっけなくそう言い、あっと言う間に背中と肩を覆ってしまう分厚い雪を払いながら戻った。その間、背のひょろ高い娘が小さな黒いピアノを弾いた。亜麻色の髪をしたものにつかれたような虚弱な肺病患者で、一日中毛皮に包《くる》まってテラスでじっとしていたが、夜になると夜の鳥のようにサロンの明かりに恐る恐る引きつけられ、人が親しみをこめて問いかけても答えず、サロンをさっさと横切り、緑のフラシ天の小さなスツールに腰掛けると際限なく演奏した。ショパンのノクターンからヘンデルのロンド、タララバウムディエまで。*夜になると熱が出て、頬を火照《ほて》らせていた。

* Tarara-boum-die　十九世紀後半からヴォードヴィル、ミュージックホールで歌われた歌曲。

若い女房たちはエレーヌに裁縫と刺繍を教えてくれた。彼女は安らぎ、幸せを感じた。子どもの頃の健康、元気が甦った。雪が降り風が吹く森の中を駆け回って燃えるような薔薇色の顔色を取り戻した。彼女はそれを見ようと、内気でにこやかな眼差しをこっそり鏡の方に投げた。

「この娘《こ》なんて変わったのかしら！　なんてきれいな顔してるの！……」

女房たちは愛情をこめて彼女を見ながら言った。

彼女はこの賢い年増女のグループがさしあたり一番好きになった。彼女たちは口元を引き締めてルナール男爵夫人の話しに耳を傾け、仲間同士で自分たちの子どもの話しをし、ジャムの作り方を教え合った。窓ガラスに映る遠くの戦火が大きくなっても、ランプの下で俯《うつむ》き、金の小さな鋏で布のナプキンにきれいな穴を開けた……

土曜の夜、彼等は村に行って赤軍兵と家政婦たちのダンスを見た。中に秣《まぐさ》か羊の皮を敷き詰めた農家の大きな橇《そり》に乗った。坐ることはできず、横たわったり肘にもたれたりした。橇が揺れる度に体が重なり合った。

ルス夫人は下の子どもと館に残ったが、彼女の夫は何があろうと〝舞踏会〟を逃《のが》すものではなかった。彼は抱いていた年上の息子ジョルジュをハース夫人に委ね、エレーヌの傍らに来て身を横たえた。

微笑みながら暗がりでエレーヌの手を握ろうとした。ざらざらしたウールの大きな手袋を静かに脱いで、微《かす》かに震えているか細い指を自分の指に絡めて握った。エレーヌは胸をどきどきさせて自分を見下ろす顔を見た。月の光と橇の横腹に掛けたランタンの燻《くすぶ》って揺らめく炎がその顔を照らしていた。フレッドの唇、感じやすく震えている女性的な口にちょっと皮肉で優しい表情が浮かんだ。毛皮の帽子の上で、雪がスパンコールのように硬くて小さな星のように煌いた。エレーヌは目を閉じた。疲れていた。一日中、雪の中を駆け回って遊んでいた。リュージュが足りなくなると馬から外した橇を丘の頂から全速力でぶっ飛ばした。橇は必ず凍った石にぶつかり、乗っている者たちは皆いばらの茂った深い轍《わだち》の中や滑らかで分厚い雪の中に放り出された。大好きな危ない遊び、お転婆娘の乱暴、荒々しさ、そんな全てをエレーヌは改めて見つけていた。

土曜の舞踏会は納屋の中で催された。クリスマスに飾る馬小屋の模型のように嵌《は》め合わせの悪い屋根板を通して暗い空が見えた。微かに瞬《また》く星が空をぼうっと照らしていた。楽師たちは椅子にまたがり、太鼓や金管楽器で騒々しいファンファーレを奏でた。若年兵たちは弾をこめた銃を立て、鹿の足の柄がついた熊猟の平たく大きなナイフをベルトで揺らしながらダンスをした。彼等が軍靴で床を叩くと時々いい匂いのする干草の粉が雲のように舞い上った。実際倉庫はその下にあった。娘たちは赤い上着を着て、忠誠を強調して金髪に赤いリボンを着け、踊るとドレスの下に赤いペチコートが覗《のぞ》いた。

時々扉が開くと凍った風が部屋中を吹きぬけた。敷居に立つと月に照らされた樅の木立《こだち》が見えた。木立はこわばり、どっしりして、銀色に光っていた。鋼《はがね》のように硬く煌く一本一本の凍った枝が夜の中で輝いていた。まだ雪を被って白い、湿った新しい薪《まき》を投げこむとストーブが音を立てた。部屋中に煙がもうもうと立ちこめ、踊り手たちの息、外套と毛皮の帽子が発散する湯気がそれに入り混じった。エレーヌは木のテーブルに腰掛けて足をぶらぶらさせていた。フレッド・ルスは彼女に向かって仁王立ちになり、その足を強く抱きしめた。エレーヌは後ずさりしたが、背後でカップルがテーブルの上に半ば身を横たえて熱いキスを交していた。彼女は若い男の方に戻り、新鮮な喜び、安らぎ、熱を静かに飲んだ。熱はフレッドの体から、彼女のくるぶしをそっと握り締める優しい手から魂にまでこみ上げた。彼女は明かりが自分の頬に当たるように顔を差し出してざわめく新しい快感を楽しんだ。その頬がしっとりときれいで、激しく燃える若い血で紅潮していることを知っていた。彼女は白く輝く歯を見せるために笑った。フレッドが痩せて浅黒い小さな手を自分の体とテーブルの間に握り寄せるのに任せた。天井に吊るされた石油ランプには黄色い灯油が詰まっていた。ダンスがまた始まると灯油が重たく揺れた。一種のブーレで*、床を軋ませ、踏み鳴らし、狂ったように踊り回って終わった。エレーヌはルスの腕の中で飛び跳ねくるくる回った。顔から血の気がひき唇をきゅっと結んでいた。甘くてむかむかするめまいが魂にこみ上げるのを感じた。周囲では娘たちのリボンや長いお下げ髪が飛んで自分たちの頬を打ち、ダンスでカップル同士がぶつかると皮ひものようにエレーヌの顔を打った。

＊ bourreer　フランス、オーベルニュ地方の民族舞踊。

男たちは散々踊って密輸品のアルコールを思う存分飲むと、自分たちのモーゼル銃を取って天井に弾をぶっ放した。エレーヌはテーブルの上に立ち、両手でルスの肩にもたれ、興奮して警戒もせずに彼の背中に爪を埋めながらこの遊びを眺め、もうよく知っている火薬の臭いを吸いこんだ。春の芝生のように頭を短く刈りこんだルスの長男は、ズックの上っ張りの上に毛皮の小さなコートを半開きに着て、楽しそうにその場で飛び跳ねた。弾が尽きるとすぐ乱闘が始まった。

フレッド・ルスが名残惜《なごり》しそうに言った。

「さあ、帰らなきゃ。かみさん、何て言うかな? 真夜中近くだ。早くお出で……」

彼等は外に出た。待っていた馬が凍った地面の匂いを嗅ぎ、時々雪を被った頭を振った。首にかけられた鈴が鳴り、穏やかで神秘的な音が森と氷の甲羅をまとった川を通り過ぎた。エレーヌとルスは坂道を登る馬の足音にうつらうつらしながら静かに揺られていた。エレーヌは頬が炎のように火照るのを感じた。夜更かし、疲れ、煙のせいで瞼が痛んだ。彼女は冬の空にゆっくりと上っていくピンク色の月をものうく目で追った。

3

エレーヌは犬に口笛を吹き、静かに門を開けて庭から表に出た。空は薄青く輝いていた。田園では鳥の声一つ聞こえなかった。分厚い雪の上、まばらな凍った小さな樅の木の間に星型の足跡があり、獣が通ったことを証《あか》していた。犬が地面の匂いをクンクン嗅いだ。それからエレーヌと犬は一週間以上毎日エレーヌとルスが会っている森へと駆け出した。

彼は初めは息子たちと一緒にそこに来ていたが、そのうち一人になった。森の外れに見捨てられた屋敷があった。昔のロシア風の別荘だった。浅葱色《あさぎいろ》に塗装された木造の建物で、二体のグリフォン*の石像が入り口の階段を守っていた。多分、燃やしかけてから消火されたようで、壁が一面煙で黒ずんでいた。窓は石をぶつけられて割れ、爪先立ちすると家具がしまいこまれた薄暗いサロンが見えた。或る日、ルスは窓から腕を伸ばして壁の写真を剥がした。写真は額縁のガラスの下で多分火のない長い秋と冬の湿気のせいですっかりよじれて黄ばんでいた。女性の姿を写した写真だった。二人は長い間、痛ましい思いでそれを眺めた。見知らぬ顔立ちには一種どんよりした暗い詩情が漂っていた。それから二人は雪の中、樅の木の下に写真を埋めた。屋敷の扉は緩み、肱金が半分だめになってぐらついていた。

* griffon　ギリシャ神話中の獅子の体に鷲の翼と頭を持つ怪獣。

その日、ルスはエレーヌを待つ間、納屋に侵入してあらゆるがらくたの中から軽いフィンランド橇をいくつか取り出した。薄板に乗せた簡素な庭椅子がそう呼ばれていた。椅子の背中にはまだ大きく下手な文字でナイフで彫った子どもの名前が刻まれていた。屋敷の住人たちはどうしたのか農民たちに尋ねると、彼等は急にロシア語も、全ての人間の言葉さえも忘れてしまったように見えた。小さく残忍な目を細めて逸《そ》らせ、答えなかった。

エレーヌがこの屋敷の周囲をうろつき、なんとも言えず打ち棄てられたもの悲しい様子に引きつけられていると、フレッド・ルスが彼女に近づき笑いながら髪の毛を引っ張った。

「そんなもん放っとけ!……老いと不幸と死を感じるだろ! な、俺と一緒に来いよ……」

彼はちょっとした高台から平原に下っていく凍った道を指差した。

「さあ行くぞ！」

フィンランド橇は一人が椅子に坐り、もう一人が後ろでスケートをしながら舵を取った。だが、それではエレーヌやルスの好みにはのろ過ぎた。二人は揃って後ろに乗り、雪の中に突っこんだ。橇は斜面を駆け下りどんどん速くなった。風が吹きつけ激しく耳をつんざいた。

「気をつけろ、気をつけろ！」

フレッドが叫んだ。楽しげに弾ける彼の笑い声が澄んで凍った大気の中に鳴り響いた。

「気をつけろ！　木だ！　石だ！　落っこっちまう！　俺たち死んじまうぜ！　しっかりしろ、エレーヌ……足で地面を蹴るんだ！　こんなふうに！　もう一度！　もう一度！……もっと速く……ああ！　気持ちいいなあ……」

二人は息を切らせ、夢のようなめまいのする速さで平原の中の長い斜面、凍った白い道を音もなく滑走した。橇が木の根っこにぶつかって雪の中に放り出される瞬間まで走った。十回も百回も、飽きることなく二人はやり直した。丘の上まで橇を引っ張り、後は凍った斜面に沿って滑らせるだけだった。

エレーヌは首筋に若い男の燃えるように熱い息を感じた。酷い寒さで涙が出て顔を伝ったが拭《ぬぐ》えなかった。滑れば風で頬は乾いた。知らぬ間に二人揃って子どものように嬉々とした甲高い叫び声を上げ、凍った地面を足で蹴った。小さな橇は跳ね上がり矢のように丘を駆け下った。とうとうフレッドが言った。

「なあ、これじゃ速さが足りん。必要なのは本物の橇だぜ」

「どうするの？」エレーヌは言った。

「この前私たち壊しちゃったじゃない。御者が用心して物置に鍵をかけちゃったわ。でも、私、この納屋の中で一つ見たわ……」

二人は納屋に駆け戻って一番きれいな橇を取り出した。赤い裏張りが着いて両脇に鈴が並んでいた。降ろすまで一苦労したが、一旦弾みがつくや比べ物にならない速さだった。雪が顔に飛び、半分開いて喘《あえ》ぐ口に侵入し、目を塞ぎ、頬を撃った。エレーヌはもう何も見えなかった。赤い強烈な冬の太陽に照らされて平原の眩い白さが稲妻を放ち、雪の上に真っ赤な火が灯った。それでも少しづつ火は色褪せてピンク色になった。

〝酔っちゃうわ！〟エレーヌは思った。

二人はもう降りた回数を数えなかった。とうとう溝の底に投げ出され、氷柱《つらら》で頬をひっかきながらどうにかそこから脱出すると、ルスは涙がでるほど笑って言った。

「俺たち頭を割っちまうよ、きっと！　易しいフィンランド橇に戻そうぜ」

「絶対いやよ！　雪の中を転がるのが一番面白いんだもん」

「ああ！　ほんとにそれが一番好きなんだな？」

ルスは呟いた。彼は彼女を自分に引き寄せて一瞬自分の胸に抱きしめた。躊躇っているように見えた。彼女は彼に向き合って立ったまま、無邪気さを完全に取り戻した嬉しそうな目で彼を見た。彼がいきなり言った。

「ようし、お前が雪の中で転がるのが好きなら、俺の肩に乗りな！」

彼は彼女の胴回りを掴んで自分の背中に乗るのを助けた。それから自分から二歩の分厚い雪の中に彼女を放り投げた。彼女は怖さと嬉しさで叫び声をあげ、羽毛のねぐらのように雪の中に身を沈めた。雪が半分開いたセーターの襟ぐりから首に滑りこみ、手袋に侵入し、口をシャーベットの冷たく香りのある味で満たした。エレーヌの胸は幸せで高鳴った。空を埋めつくす早過ぎる黄昏を胸を締めつけられる思いで眺めた。

彼女は懇願した。

「まだ帰らないわ、ねえ？　もうちょっとここにいられるでしょ？　まだ夜になってないし……」

最後にフレッドが残念そうに言った。

「いや、帰らなきゃ」

彼女は立ち上がって体を揺すった。それから二人はまた道を上った。雪原の上に一本だけ光の矢が残り、夕闇が異様に早くやって来た。光の矢は優しいリラの色をしていた。明るい空の中、青白い冬の月が凍った小さな湖の上をゆっくり上って行った。二人は何も言わず、凍った大地に二人の足音が響いた。とても遠くで、長い間《ま》を置いてこもった大砲の音が聞こえた。二人は聞くともなくその音を聞いた。この微かな轟《とどろ》きが何ヶ月もあんまりコンスタントに続くので聞くのを止めてしまっていた……一体、どこから聞こえて来るのか？……誰が放つのか？……誰に向かって？……うんざりした人の心は、一定程度の悲劇的な恐怖に無関心にエゴイスティックに反応する。二人は並んで歩いた。疲れていたが幸せだった。エレーヌはルスがじっと自分を見詰めるのを感じた。彼は突然立ち止まり、両手でエレーヌの顔を包んだ。自分の頬を彼女の頬に寄せ、一瞬、感嘆して肌の肌理《きめ》、肌に熱く激しくこみ上げる血の反映を見詰めているように見えた。彼は薔薇のように彼女の顔の香りを嗅ぎ、躊躇い、半分開いた彼女の唇の真ん中にキスした。軽く、素早く、炎のように燃えるキスだった。初めてのキス、こんなふうに初めて自分に軽く触れた男の唇……彼女が最初に感じたのは、恐れと怒りだった。

彼女は叫んだ。

「いったいあなた、何をするの？　気が狂ったの？」

彼女は雪の塊を一つ拾って若い男の顔に投げつけた。彼は横っ飛びしてかわした。彼の笑い声が聞こえた。彼女はかっとして叫んだ。

「私に触らないで、分かる？」

それからもう暗くなって凍った道を館に向かって駆けた。自分の唇に貪《むさぼ》るような若い歯の味を感じた。だが、彼女は自分の思いがそれに留まり、新鮮で激しい喜びを味わおうとするのを拒んだ。

「小間使いみたいに私にキスするなんて」

彼女は思った。母の部屋まで止まらずに駆け、ノックするのももどかしく扉を開けた。長椅子にベラとマックスが静かに坐っていた。エレーヌはこんな場面は見ていたし、他の現場もたくさん押さえていた……だが、この時、彼女を戸惑わせたのは奇妙で新しい何か、二つの存在間の優しさ、親密さ、二人が発散する愛の気配であり、罪でも情熱でもなく、もっと人間的でもっと普通の愛だった……

ベラがゆっくり顔を向けた。

「どうしたの？」

「別に」エレーヌは言った。心が締めつけられていた。

「何でもないわ……私、思ったの……私……」

彼女は口を噤《つぐ》んだ。

母が呟いた。

「表に行きなさい。まだ夜になってないわ。フレッド・ルスがあなたを探してたわよ。あの人や子どもたちと一緒に行きなさい……」

「彼を見つけに行かせたいの？」エレーヌは尋ねた。ちょっとからかうような悲しい微笑みが口の端に浮かんだ。

「お望みなら行くけど……」

「そうですとも、行きなさい」ベラが言った。

4

翌日は日曜日だった。エレーヌは小さなサロンに入り、空を見ようと凍った窓ガラスに息を吹きかけた。何もかもが異様に楽しげで、澄み渡り、穏やかに見えた。雪がいっぱいの庭で白い服を着た子どもたちが遊んでいた。陽光が輝いていた。館は暖かいケーキとクリームの匂いがした。洗いたての床の木の匂いが混じっていた。彼女は清浄な休日の喜びを吸いこんだ。

古鏡の前に立つと鏡は陽光にきらきら光り、夏の日、水の上に屈みこんだ時のように遠くぼやけて青ずんだ映像を映し出した。彼女はにっこりして自分が着ている糊のきいた白いリネンのドレスを見た。フレッド・ルスが入ってくるのが見えた。彼女は振り向かず、鏡の中で頷《うなづ》いて彼に合図した。二人きりだった。彼は昨日ほど乱暴にではなく、皮肉に甘やかすように彼女を引き寄せた。彼女の知らない愛撫だった。彼女は彼にキスさせ、甘美で鋭い快感の波に体が満たされるのを感じながら自分から顔、手、唇を差し出した。

彼女は彼が自分より若いと思った。ずっと変わらない若さで、彼女の目には多分それこそが彼の最も強い魅力だった。彼は子どものように優しく、やんちゃで、信じやすく、いたずらで、怒りっぽく、陽気だった。息子たちと一緒に二人が雪の中で遊ぶ時、小さな丘を際限なく上り下りするのは、二人が側にいるためでもこっそりキスできるからでもなく、彼がなにより自分と同じくらい澄んだ空気、太陽、それに湿って柔らかな雪の中を叫びながら滑り下りるのが好きだから、と彼女は思った。それ以降、二人は殆ど全ての時間を一緒に過ごした。エレーヌは彼に対して最高に心地よく最高に大らかな優しい気持ちを抱いた。それがキスによって目覚めた激しい味わいを一層増大し、鋭くした。しかし、彼女が何より愛したのは彼が自分に与えてくれる自尊心、女としての能力の自覚だった。二十歳《はたち》だからといって自分を見下す娘たちを、自分のせいでフレッドが見向きもしないのを見るのがどれだけ嬉しかったか！　時々、彼女はわざと彼から遠ざかり、密かに怒らせて楽しんだ。彼が待つ庭に会いに行かず、彼の妻の所に行って傍らに腰掛け目を伏せて編み物をした。彼女がテラスに駆け降りると彼はすかさず彼女の髪の毛を掴み、怒りをこめて囁いた。

「このちびが、もう本物の女みたいにいやらしいんだな！」

彼は笑った。唇の端にちょっと寄る皺、蒼ざめた顔に浮かぶ欲望の稲妻をエレーヌは見飽きなかった。とは言え、彼は自分の力を知っていた。

「もっと年が行ったらお前は俺に感謝するぞ。だいたい、もし俺がその気になりゃ……お前に一生のしかかって苦しめてやることだってできるんだ。二度と愛に対してそんな素晴らしい自信を持てんようにな……で……もっと経ったらお前にも分かる。それで俺に大いに友情を持つぜ……こう言ってな。ろくでなしの女ったらし、だけど、私には粋《いき》な人だった……さもなきゃ、きっとこう言うぜ、なんてお馬鹿さん……そいつぁ大いにお前の亭主次第さ……」

そうするうちに春が近づいた。湿って光る黒い木々の幹から密《ひそ》かな生命が芽生えそうだった。分厚い雪の層の下で閉じこめられていた水が初めて身震いする音が聞こえた。轍《わだち》は新しく雪が降ってももう積もらず、ぬかるみが乾いて黒かった。大砲の音が日を追うごとにはっきりしてきた。これから新しい共和国を支える筈の正規軍、〝白軍〟が北から下ってきた。

夜になると落ち着きも傲慢さも失くした人達はそれぞれの部屋で熱にうかされたようにベルトや服の裏地に証券と異国の金を縫いこんだ。そんな狂騒の中で、エレーヌのこともフレッド・ルスのことも気にする者などいなかった。二人はサロンにいた。夜になったとたん窓ガラスが赤くなった。戦火が迫り、輪になって蠢《うごめ》きながら村を取り巻いていた。東から風が吹くと微かに硝煙が臭った。他に人はいなかった。二人は小さくて固い竹の長椅子に坐って長く静かにキスを交した。長椅子が暗がりの中でぐらつき静かに軋んだ……扉は開いていて廊下で足音と話し声が聞こえた。石油が足りず、ランプが途切れ途切れに赤い光を放った。エレーヌはこの世を忘れていた。フレッドの膝の上に横たわり、恋人の心臓が強く不規則に自分の頬を打つのを感じた。物憂く閉じる笑みをたたえた大きな黒い目が好きだった。

「あなたの奥さんが……用心して！」彼女は時々動かぬまま言った。

だが彼は聞かず、彼女が半分開いた唇から吐き出す息をゆっくり飲んだ。

「ああ、ほっといてくれ。こんなに暗いんだ、誰にも見えん……それに、構わん！」

彼は呟いた。

「どうでも構わんさ……」

「それにしてもこの館、なんて静かなの！　今夜は」

彼女はやっと彼から身を離して言った。

彼は煙草に火を点けて窓辺に腰掛けた。深い闇夜で明かり一つなかった。窓ガラスに霜が光っていた。古い樅の木立が静かに乾いた音をたてた。枝が人の溜息のような押し殺した音を立てて揺れた。

木々の間に突然ランタンの灯りが光った。

「どうしたの？」エレーヌが気もなく言った。

ルスは答えず窓に屈んで灯りを目で追った。灯りは今、数を増していた。あらゆる所から現れ、揺らめき、消えてはまた現れ、バレーのダンサーたちのように行き交った。

彼は肩をすくめた。

「分からんな……一人、二人、三人、女の外套が見えるぞ」

彼は窓ガラスに顔を貼りつけて言った。

「でもあそこで一体何を探してるんだ？　雪の中で何か探してるが」

彼は館を取り囲む小さな炎を一つ一つ数えながら繰り返した。だが、炎は次第に遠ざかった。

彼は動かずにいるエレーヌの方に戻った。彼女はやっと瞼《まぶた》を持ち上げながら微笑んだ。明け方から夕方まで、リュージュ、スキー、野原の駆けっこ、そして全てを汲《く》み尽くすキス……夜になったらもう自分のベッドで朝までぐっすり眠ることしか考えなかった。

彼は彼女の隣に坐り直し、開いた扉を気にせずまた彼女にキスし始めた。彼女はゆっくりした静かなキス、ランプの赤い薄明かり、この完璧な安らぎ、この歓喜を心地よく鋭く味わった。世界中が崩れたっていい、歯で捕まえたこの湿った口の味、しなやかで力強い彼の手の愛撫に敵《かな》うものなど絶対にないと思った。時々、彼女は両腕を伸ばして彼を押しのけた。

「どうした？　怖いのか？」彼が言った。

彼女は答えた。

「いいえ。なんで？」

こんな子どもの無邪気さが彼の欲望をなおさら煽《あお》った。一方で一人の女としてキスに身をまかせながら……

「エレーヌ！」彼は呟いた。

「はい？」

彼の囁《ささや》きは不思議な陶酔と結びついていた。その蒼ざめた顔色、ぼさぼさの髪、震える唇が怖かった。だが、彼女を支配したのは高慢ちきで野蛮な楽しみだった。

「俺が好きか？」

「いいえ」彼女は微笑みながら言った。

彼が彼女から優しい言葉、愛の告白を聞くことは決してないだろう……

〝この人、私を愛してなんかいない！〟彼女は思った。

〝この人、楽しんでるの。私がこの人の前でこの人がまだ求めてる恋する従順な馬鹿娘にならないから。それで私に退屈しないのよ〟

彼女は自分がとても賢く、成熟して、女だと思った……

「私、あなたを愛してないわよ、でもあなたは私を楽しませてくれるわ」彼女は言った。

彼は怒って彼女を押し退けた。

「生意気な。行っちまえ、お前なんか大嫌いだ！」

ハース夫人が入って来て不安そうに叫んだ。

「見た？」

「いや、どうしたんです？」

彼女は答えず、ランプをとって窓に近寄せるとその炎で窓ガラスを蔽っている霜を溶かした。

「家政婦たちが出て行くのを確かに見たのよ、一時間前。森の方に駆け出してそれから戻ってこないの！」

彼女は窓ガラスに顔を貼りつけた。だが、暗闇は深かった。彼女が窓を半分開けると灰色の髪の毛が風に靡《なび》いた。

「あの人たち、どこに行っちゃったの？　もう何にも見えない。ああ！　何もかも酷いことになりそう！　白軍は毎日近づいてるのよ！　いつ村を奪うつもりか、彼等が知らせてくると思う？……でも婆さんの話を誰が聞いてくれるかしら？　だけどあなた方も分かる、きっと分かるわ！　ああ、錯覚であって欲しいけど、私、災いを感じる！」

彼女は甲高く哀れっぽい声で叫び、老いたカサンドラ*さながら首を振った。

＊ Cassandre　ギリシャ神話のトロイアの王女。悲劇の預言者として知られる。

エレーヌは立ち上がって台所の扉を開けに行った。がらんとした部屋に灯が点《とも》って燃え続け、夕食の仕度が整ったテーブルを照らしているのが見えた。ところが、いつもなら話し声や足音でいっぱいの大きな部屋には誰もいなかった。隣の洗濯場も同じようにがらんとしていた。だがアイロン台はそのままそこにあり、湿ったシーツがきちんと並べてあった。誰かが家政婦たちを探しに来たに違いなく、彼女たちは多分即座に逃げ去っていた。

エレーヌは玄関前の階段に出て呼びかけたが答えはなかった。

「あの人たち、犬を連れて行ってる！」

彼女は無帽の頭に降りかかる雪を払いながら戻って言った。

「犬たちの声が聞こえないわ。犬たちは私の声をよく知ってるのに……」

女が一人姿を現した。

「白軍が村を囲んだわ！」彼女は叫んだ。

扉が開いた。誰もが点した蝋燭を手にしていた。部屋を照らす手段はそれだけで、ちらちらした小さな炎が部屋から部屋へと飛び交った。子どもたちが目を覚まして泣いた。

エレーヌはサロンに戻った。少しずつ人が集まってきた。女たちは窓に顔をくっつけて囁き合った。

「でも、そんなはずが……それなら聞いてたでしょうに……」

「なんで？　彼等が伝令を送ってくるとでも思うの？」

ハース夫人がせせら笑って尋ねた。

「ああ！」ルスがエレーヌの耳に囁いた。

「あの女をもう声の聞こえない所へ連れて行け。さもないと不吉なカラスの首をねじってやるぞ！」

「ねえ、聞いて！」エレーヌが叫んだ。

静寂の中で台所の扉を乱暴に叩く音がした。皆《みんな》黙りこんだ。

戸口に家政婦の一人、ロシア人の年取った賄婦《まかないふ》が現れた。彼女の息子は赤軍兵だった。黒い外套は雪を被り、疲れ切って怯えた顔をして乱れた白髪が額にかかっていた。

彼女は自分を取り巻く女たちを見てゆっくり十字を切ってから言った。

「ヤルマル、イワン、オラフとエリックの魂のために祈ってください。あの子たちもほかの村の男の子たちも、今晩、白軍に捕まってしまいました。捕まえられて銃殺されて、それから所かまわず死体を森に投げこまれたんです。私たち、女たちは葬るために死体を捜しに行きました。でも司祭は私たちを墓地に入れてくれませんでした。コミュニストの犬どもはキリストの土地に墓は持てないって言われてしまいました。私たち、自分で森に埋めに行きます。神様が私たちをお助けくださいます！」

彼女は扉を閉めてのろのろと立ち去った。エレーヌは窓を開けて宵闇に姿を消してゆく女たちを眺めた。一人一人がシャベルと雪を照らすランタンを手にしていた。

「だがわしらだ、わしらのことだ！　ここにいて、わしらはどうなるんだ？」

太っちょのレヴィが叫んだ。

エレーヌの背後でざわざわした困惑の声が上がった。

「わしらが白軍を怖がることは全然ないんだ。確かに。だが、戦場の真っ只中になるぞ。今夜直ぐ発つ方がいいだろう！」

「私はそう言ったでしょうが」

ハース老夫人がえらく満足そうに呟いた。

ゼニア・ルスが尋ねた。

「フレッド、子どもたちを起こさなきゃいけないかしら？」

「もちろんだ！　特に暖《あった》かく着せてやれ。俺と一緒に馬を探しに行く奴は？」

ハース老人が声を嗄《か》らして忠告した。

「朝まで待ちなさい。夜は暗すぎる。流れ弾に当たるかも知れん。それに、そもそもこの寒さで真夜中にどこに行く？　女、子どもを連れて」

今はもう母親たちがそれぞれ腕に子どもを抱えて現れた。子どもたちは泣いていなかったがびっくりして大きな目を丸くしていた。ルスが時間をやり過ごすためにカード遊びを勧め、常連がいつもの晩通りブリッジテーブルに着いた。エレーヌは周囲を見回した。大きな子どもも小さな子どもも皆自分の母親の隣に腰掛け、母親たちは震える手を子どもたちの肩や俯いた額に当てていた。か弱いその手に銃弾を止める力があるかのように。

ルスは自分の妻に近づき、優しく自分の手を彼女の腕に置いた。

「怖がらないで。怖がることたあないぞ。俺たち、一緒なんだから」

彼はそう囁いた。エレーヌは見えない万力で胸が締めつけられるのを感じた。

〝彼、どれだけあの人を愛してるかしら……でもそんな事、よく分かってるわ。奥さんだもの〟

彼女は密かな怒りをこめて思った。

〝誰が私を？……やっぱり、私、ほんとに一人……〟

彼女はその場を離れて窓辺に坐り呆然と降る雪を眺めた。名前迄は知らない苦しみに苛《さいな》まれながら思った。

〝あんなふうに奥さんを見詰めて、あんなふうに息子たちの手を握ってる。彼、どれだけ息子たちを愛してるかしら……今、彼は私を凄く気にしてる、五分前にあんなに優しく愛撫してキスした私を……ああ！　彼に「愛してる……」なんて言わなくってほんとによかった。でも、私、彼を愛してるの？……分からない。私、苦しい、変よね、こんなに苦しまなくたっていいはずなのに。私、幼過《おさな》ぎる……〟

彼女は自分の母親とマックスに憎しみの目を向けた。

〝あいつらのせいで……あいつが憎い、あいつを殺してやりたい！〟

マックスに目をやりながら彼女は思った。だが子どもっぽく力ない罵《ののし》りを唇に乗せた時、初めて彼女は思い当たった。

〝私、なんて馬鹿なの！……復讐は手の内にあるじゃない……私、充分フレッド・ルスを楽しませたわ。女たちが皆《みんな》追っかけるルスを……マックスだってただの男……もし、私がその気になったら……ああ！　神様、こんな誘惑を遠ざけて。だけど……あの人にはその値打ちがあるのよ。私の可哀想なローズさん、あいつら、どんなにあの人を苦しめたかしら……許す？　なんで？　誰の名で？　そう、よく知っているわ。神は言ったのね。「復讐するは我にあり……」*って。残念ながら、私、聖人じゃあないの、私、あいつを許せない！　待ってなさい、ちょっと待ってなさいよ、あんた、思い知るわ！　あんたが私を泣かせたように、私、あんたを泣かせてやる！　あんたは私に良心も許しもまるっきり教えなかったわね！　えらく単純な話しよ。あんたは、あんたを怖がることと食事のお行儀以外、私に決して何一つ教えなかった！　何もかも憎い。私、苦しい、世界は邪悪ね！　待ってなさい、待ってなさいよ、私の婆さん！〟

＊　Je me suis reserve la vengeance　新約聖書「ローマ人への手紙」第十二章第十九節にある神の言葉。悪人に報復を与えるのは神自身、の意。

ランプが最後の光を投げて消えた。男たちは罵りながら火の点いた煙草を振り回した。

「まずい！　石油が一滴も無いぞ、もちろん。台所には誰もいない……」

「私、蝋燭がどこか分かるわ」エレーヌが言った。

彼女は二本蝋燭を見つけた。一本はカードをやっている人たちの間にあり、もう一本はピアノの上でエレーヌがもう二度と見るはずもない侘しい小部屋を照らしていた。

子どもたちは眠っていた。時々男たちの一人が言った。

「結局、俺たち大人しく眠りに行った方がいいんじゃないか？　このままいるのは馬鹿げてるよ……ここにいてどうするんだ？……」

だが女たちは不安そうに繰り返した。

「一緒にここにいましょ。一緒の方がいいわ……」

「今度こそ……」

最初の射撃が炸裂したのは真夜中近くだった。男たちは蒼ざめてカードを落とした。

母親たちは子どもたちを引き寄せてスカートの襞の中で抱きしめた。一斉射撃は近づいては遠ざかった。

「明りを消すんだ！」誰かが不安そうに叫んだ。

彼等は蝋燭の方に駆け寄って吹き消した。暗がりの中でエレーヌには引き攣って喘《あえ》ぐ息、溜息が聞こえた。

「神様、神様、お救いください……」

エレーヌは声も無く笑った。彼女は射撃音が好きだった。野蛮な昂揚が沸き起こり、喜びに打ち震えた。

〝皆、こんなに怖がって、こんなに悲しんで！　私、怖くなんかない！　誰にも怯えたりしない！　私、楽しい、楽しいわ〟

彼女はそう思った。そして戦い、危険、災厄が、彼女にとっては恐ろしくわくわくする遊びに変わった。彼女は突然ついぞ味わったことのない元気と皮肉な喜びを感じた。一種の予感が働きせっせとそれを楽しんだ。これから先、愛する者、愛する子どもの一人一人がこの力、この自信、この冷静な勇気を少しずつ自分から奪い、自分を暗がりで血縁同士身を寄せ合う月並みな群れの一員にしてしまうことを見越したように。誰も口をきかなかった。母親たちはこの中で日の目を見る者はいないと思いながらも、それぞれ夜の寒さから子どもを守ろうとして注意深く自分の服を被せた。暗がりの中で金《きん》が詰まったベルトが乾いた音を立てた。子どもが一人とても小さな声で泣いていた。ハース老人の肩掛けが床に滑り落ちた。彼はぶつぶつ呟いて悲しげに溜息をついた。老妻は心臓病患者が動揺と夜の寒さで死んでしまうと思い、腹立ちまぎれの涙を流しながら怒りと愛をこめて言った。

「ああ、神様! なんてひどい、私の哀れな夫が……」

マックスとフレッド・ルスは馬を探しに村に出発していた。夜が更けても二人は戻って来なかった。ルス夫人が尋ねた。

「誰かアルコールを持っていない? あの人たちが戻ったら飲ませてあげなくちゃね。夜は冷えるから」

彼女は優しく穏やかな声で話した。野原の静かなお散歩の話しでもするように。エレーヌは肩をすくめた。

〝哀れな人! あの二人が二度と戻って来られないかもしれないって分からないの?〟

ハース夫人がベルトに吊り下げた鍵をいじりながら自分の部屋に行き、直ぐアルコールの入った小瓶を持って戻った。ルス夫人は彼女にお礼を言って瓶を手に受け取った。その時初めて、誰かが点けたライターの炎でエレーヌは真っ青《さお》な若妻の顔を見た。

〝この人、絶望するには彼を愛しすぎてるんだわ！〟

彼女はそう思い、同時に遅ればせながら心に後悔が目覚めた。

〝こんなに愛してたら、きっと死なんて絶対認めないわ。愛が守ってくれると思って。彼が帰って来なくたって、雪の中に消えちゃうか流れ弾に当たったってこの人は彼を待つでしょ……忠実に……この人が何も見てなかったなんて、あり得る？　ああ！　そうじゃない。反対にこの人は何もかもずうっと分かっていたんだわ、でも、この人、慣れなきゃいけない……この人、黙ってる。それが正しいのね。彼は確かにこの人のもの、この人のフレッドだわ……〟

彼女は震えながら心配そうに宵闇の中で明りを探す自分の母親を見た。ハース夫人が底意地の悪い声でそっと彼女に言った。

「一体なんで心配なさるの？　奥様。娘さんがそばにいるじゃありませんか……」

エレーヌはここに集まった一人一人が、自分の前で思わず心を開いてみせるような気がした。窓の縁に腰掛けて、暗闇の中ではっきり見えない身を寄せ合った一団の上で足を揺すった。絶え間なく重苦しい射撃音が聞こえた……しばらくすると、彼等は皆部屋から出て階段の上に並んだ。実際、窓から銃弾が飛びこんでくる恐れがあった。エレーヌは肺病患者の娘と二人きりになった。音もなく部屋に入って来ていた彼女はピアノのスツールの上に身を滑らせると手探りで弾き始めた。家族たちは家畜小屋の獣の温もりと穏やかさの中に残った。エレーヌが鎧戸を開けたとたんに月の光が鍵盤と熱くてちょっと皮肉な音楽を奏でる痩せた手を照らした。

「モーツアルトよ！」娘が言った。

それから二人は口を噤んだ。二人は一言も交したことがなかった。きっともう会うこともない……エレーヌは顔に手を当てて優しく繊細で皮肉なハーモニー、澄み切って快活な和音、暗黒と死への嘲笑に耳を澄ました。自分自身が〝ここにいる誰よりも強くて誰よりも自由な〟エレーヌ・カロルであることに、めまいがするほど誇らかな陶酔を感じた。

朝、呼ぶ声がした。馬たちがそこにいた。

「多分皆には充分な場所がない！　女と子どもが先だ」ルスが言った。

だが皆が口を揃えた。

「いやだ。皆一緒だ」

ベラがマックスの手を握った。

「皆一緒ですって……」

それからエレーヌがいることをやっと思い出してぞんざいに尋ねた。

「コート持った？……ショールは？　ショール、持ってないの？　あんたの年でまだ私が何でも考えなきゃいけないのね」

エレーヌはルスの側にそっと近寄った。

「どこへ行くの？　一緒に行けないい？」

「だめだ。注意を逸らすために森の外れで別れなきゃいかん。それぞれ家族と一緒に行くんだ」

「分かったわ」エレーヌは呟いた。

階段の前で馬車が並んで待っていた。今は死んで地中に横たわる赤軍兵たちの所へダンスに行った時のように。

遠くの炎が地平線を照らしていた。早朝の穏やかな灰色の空の下で雪を被った樅の木が薄っすらとピンク色に見えた。

「あばよ!」フレッドが言った。彼はエレーヌの冷たい頬にこっそり唇を当て、優しく繰り返した。

「あばよ、おちびちゃん……」

そうして、二人は別れた。

5

カロル一行は長くてひどくつらい旅の末、春、ヘルシンキにたどり着いた。そこは清潔で、明るく、穏やかな小都会だった。通りでは茂ったリラが花開いていた。空が全然暗くならず、乳白色の光、五月の黄昏の薄っすらとした透明さが朝まで残る季節だった。

エレーヌはフィンランドの牧師の未亡人、フリュ・マルテンスの寮に入ることになった。子どもたちを養っている有徳の誉れ高い婦人だった。痩せてきびきびした小柄な金髪の女性で、乾いた肌をして以前寒さに凍えていたピンク色の鼻の真ん中に紫色の細かな罅《ひび》が残っていた。彼女はエレーヌにドイツ語を教え、不安の呟き(Mutter Sorge)を大きな声で読み聞かせた。彼女が読んでいる間、エレーヌは老いて干からびた首の黄ばんだ肌の下でアダムのりんごのように突起した尖った小骨が動くのを眺めた。一言も耳に入らず、好き勝手な夢想に耽った。

不幸ではないにせよ、彼女は恐ろしく退屈していた。彼女が惜しんだのはフレッド・ルスだけではなかった。反対に、彼女は奇妙な程あっさりとフレッド・ルスを忘れてしまった……だが、自由が欠けていた。空間、危険、彼女が知り、もう記憶から消せないあの過激な暮らし。

夜になるとマルテンスの子どもたちがコーラスを歌った。〝もみの木、もみの木、永遠《とわ》に緑よ……〟

彼女はよく響く優しい声を楽しんで聞いた。だが、同時に思った。

〝大砲の音……そこいらじゅう危険だらけ！……でも生きて！……生きて！……それが普通の子どもに……普通に母親がいる！……でも駄目、遅すぎるわ……私は十六、でも心は毒されている……〟

秋の月が緑の植物を飾った小さなサロンに冷たい光を注いでいた。彼女は窓辺に寄り闇の中できらきら光る湾を見ながら思った。

〝私、復讐したい……私、やつらに復讐せずに死んでしまうの？〟

実際、初めてその考えが心を掠めた夜から、彼女は絶えずそれを育《はぐく》み思う存分楽しんでいた。

〝あいつからマックスを奪う！　あいつらが私にくれた苦しみを、丸ごとあいつら二人にお返ししてやる！……こっちから生んでくれって頼んだんじゃないわ、私は！……ああ！　生まれない方がずっと良かったでしょうに。それにしたって、あいつは私のことなんか思いもしなかった、それは確か……この世に投げ出して、大きくなるのを放りっぱなし！　でも、それじゃ足りない！　この世に子どもを産んでおいて、一かけら、一粒の愛情も与えないのは犯罪よ！〟

〝復讐してやる!……ああ! 私、諦められない!……神様、私にそれを求めないで!……諦めるくらいなら死んだ方がましよ……あいつから恋人を奪ってやる! この私が、小さなエレーヌが!……〟

日曜日だけエレーヌは母とマックスに会った。二人は揃ってやって来て、ちょっとだけいてまた出かけて行った。マックスは時々マルク貨幣をいくつかテーブルに置いていった。

「ボンボンでも買いな……」

彼が去ると彼女はお金をそのまま女中にくれてやった。時間が経っても憎しみで全身が震えるのを抑えられなかった。

そうするうちに、エレーヌは母とマックスの関係の変化に気がついた。まだ微妙ではっきりとは掴めなかった。だが二人の言葉が違っていた。それに沈黙も。二人はいつも喧嘩していたが、今はその調子が一層刺々《とげとげ》しくなり苛立ちと怒りがこもっていた。

〝二人は夫婦になったわけよ!〟エレーヌは思った。

彼女は母の顔をまじまじと冷たく眺めた。好きなだけ見入っていられた。母のきつい眼差しは決して彼女の上に下りてこなかったから。ベラはマックスに全身全霊を張り詰めているように見えた。熱烈な注意をこめて彼の表情の一つ一つの動きを探《さぐ》り、一方、彼はその視線の重みに耐えかねたように目を背けた。

ベラの顔は老け始めていた。白粉とクリームの下で肉は緩み、化粧がこびりついて隠せない皺《しわ》が現れたのをエレーヌは見た。目じり、口元、こめかみに細くて深い線がくっきり刻まれていた。白粉を塗った肌の表面は罅《ひび》割れ、見た目のすべすべした艶も消え失せて醜く粗い鮫肌になっていた。首には四十女の三重の皺が刻まれていた。

或る日、二人はいつもより長ったらしくひどい喧嘩をした後でやって来た。母の悩ましげで苛立った表情とこわばった唇の震えでエレーヌには直ぐそれが分かった。ベラは腹立たしげに毛皮を脱いでベッドの上に放り投げた。

「ここは暑いわね！……ちゃんと勉強してる？　エレーヌ……あんた、去年は何にもやってないんだから……なんてひどい髪形！　後ろにひっつめちゃって……それで五つ老けて見えるわよ！……私、娘の結婚に煩《わずら》わされるのは真っ平よ。ああ！　マックス、檻の中の獣みたいに歩き回らないで！　私たちに紅茶を頂戴、エレーヌ……」

「こんな時間に？」

「あら、何時かしら？」

「七時よ。もっと早く来ると思ってたけど」

「母親を一時間ぐらい待てるでしょうが……ああ！　子どもも世間の連中も恩知らずばっかり……愛して、憐れんでくれる人なんてまるでいやしない！……誰一人……」

「そんなに同情されなきゃいけないの？」エレーヌは静かに尋ねた。

「喉が渇いて死にそうだわ」ベラが言った。彼女はコップの水を取ってごくごく飲んだ。その目に涙が溢れた。コップを置きながら彼女がこっそり指先で眉毛に触れ、不安げに鏡の中の顔を覗くのをエレーヌは見た。涙で化粧が溶けていた。マックスが結んだ唇の間からやっと言葉を発した。

「ひどいことになってるぜ！……」

「ああ！　ほんとにあなたがそれを言うの？……私、夜通しあなたを待ってたのに、あなたは友達や女たちと……」

「どんな女たちだ？」彼はうんざりしたように溜息をついた。

「あんたは僕を三重に閉じこめてあんたとしか会わず、話さず、息もしないようにしたいんだ！」

「以前は……」

「そうだ、その通り、以前はだ！……どうしてそれが分からないいんだ？　人が若いのは一度っきり、狂うのも一度っきりだ。全てを、家族も過去も未来も窓から投げだすことだって許される。一度っきり、ただ一度っきり……二十四なら！……だけど人生は過ぎてく、人は変わる、年をとって賢くなる……なのに、あんたは！　あんたは！　あんたは横暴で身勝手で要求ばっかりだ……人も自分自身もうんざりさせる。この頃の僕は不幸だよ。あんたはよく分かってるだろ。僕は悲しくて、くたびれて、いらいらしてる……あんたは僕を憐れんでくれない……だけど僕が求めるのはたった一つだ。一人にしてくれ！……紐で繋いだ犬みたいに僕を引き回すのは止めてくれ……僕に息をつかせてくれ……」

「でも、結局、あなたには何があるの？……あんた、分かる？　エレーヌ……この人、母親の手紙も持ってないのよ、大切な母親の手紙さえ。でも、それがつまり私のせい？　私、あんたに聞いてるの。それが私のせい？」

マックスは激しく拳でテーブルを叩いた。

「そんな事、この小娘に関係あるか？……ああ！　たくさんだ。たくさんだ、涙は！……言っとくぞベラ、もしあんたがまた泣き始めたら、僕は出て行って一生あんたと会わん！……少なくとも以前は、あんたは他人に厳しいのと同じくらい自分にも厳しかった！……それが一種の魅力だった」彼は声を潜めて言った。

「心の中で、僕はあんたをメディア*って呼んでたんだ……今は……」

＊ Medee　古代ギリシャの劇作家エウリピデスによる悲劇「メディア」の女王。

〝そうね〟暗がりで姿が見えないエレーヌは密かに思った。

〝あんたは老いていく……過ぎていく一日一日があんたの武器を一つ奪い、私には一つ加えていく。私、私は若い、十六よ。私、この男を奪ってやる。あんたの恋人を。ああ！　それはずっと先じゃあないし、大した工夫もいらないわ。そんなに難しくないの。あんたを充分に苦しめたら、私、この男を放り出してやる。だって私にとってこの男はいつまでも子どもの頃大嫌いだったマックス、私の可哀想な死者の敵《かたき》なんですもの！……ああ！　どれだけすっきりあの人の復讐をしてやろうかしら。でも、未だ待たなきゃ！……〟

彼女は漠然と子どもの頃の夕暮れ時を思い出した。公園からの帰り道、ひどく喉が渇いた時のこと。菩提樹の丸天井の下を菩提樹の匂いを嗅ぎながら青いカップに入って自分を待っている冷えた牛乳を思い描きながら歩いた。半ば目を閉じ冷えた牛乳が優しく、冷たく、滑らかに喉を通る感覚を想像して渇きを静めた。それから自分の部屋に帰ると両手で長い間カップを持ち、顔を近づけ、唇を牛乳に浸してさらに欲望を掻き立てた。ごくごく飲む前に。

突然、電話が鳴ってエレーヌが受話器を取った。マックスを電話口に呼んでいた。エレーヌは言った。

「あなたによ、マックス。コンスタンチノープルのお知らせですって。あなたのホテルから」

マックスは彼女の手から受話器をもぎ取った。その顔が引き攣るのを彼女は見た。彼はしばらく何も言わずに聞いて電話を切るとベラに振り向いた。

「さあ！」彼は小さな声で言った。

「あんたはもう幸せでいられる！……あんたは僕の全てを自分のものにしてしまった！……もう何にも、もう何にも、僕には残っちゃいない、あんたの他には！……母が死んだ……一人で……自分で言ってた通り！……ああ！　僕には罰が下る、恐ろしい罰が……だからこれだったんだ、僕にのしかかっていたのはこの重さだったんだ！……コンスタンチノープルの病院で死んで、報せてくれたのは赤の他人さ……母は一人だったんだ……じゃあ妹たちは？　妹たちを守って付き添わせてやるはずの僕が側にいなかった。旅の間に妹たちはどうなっちまったんだ？　その間、僕はあんたと一緒だった、あんたとあんたの家族と！……ああ！　僕は絶対にあんたを許さない！」

「でも、あなた錯乱してるじゃないの！」

ベラが涙ながらに叫んだ。化粧が溶けた引き攣った顔を彼の方に差し出しながら。

「それが私のせい？……ひどいじゃないの……私を責めないでよ！……あなた、自分の過ちを私のせいにするのね！　それが正しいこと？……そうよ、私はあなたを自分のものにしておきたかった、あなたを引き止めたかった……そうしない女なんている？……それが私のせい？……」

「何もかもあんたのせいだ！」

彼は彼女を激しく突き飛ばしながら叫んだ。

彼女は彼の服にすがりついた。彼は憎しみをこめて言った。

「ああ！　たくさんだ。たくさん。アンビギュ座*の五幕目をやってるんじゃないんだ。……放せよ！……」

＊　l'Ambigu　十九世紀にメロドラマを上演したパリの劇場。

彼は扉を開けた。彼女はなおも叫んだ。

「あなたは私と別れない！……私と別れる権利なんてあなたには無いわ。……ご免なさいマックス、許して！　ああ！　あなたが思うより私は強いのよ！　あなたが思うよりもっとあなたに力を持っているの！　あなたは私と別れられない……」

エレーヌはがらんとした通りで門の閉まる音を聞いた。彼女は怒りに声を震わせた。

「お願い、静かにして。ここは自分の家じゃないのよ」

取り乱したベラは自分の手を捻りあげた。

「私にそんなことしか言えないの？……こんなに絶望してる私を見て！……憐れみの言葉一つ、慰め一つないなんて……それじゃ彼が私にどんなに当たったか、見なかった？……母親が乳癌で死んだ！……それが私のせい？……」

「私には関係無いわ！」エレーヌは言った。

「あんた、十六でしょ。人生が分かってる。よく分かってるじゃないの」

「私、分かりたくない……」

「ろくでもないちびのエゴイスト、薄情者……とにかく、あんたは私の娘じゃないの！……優しい言葉一つ……キス一つ無いなんて！……」

フリュ・マルテンスが半分扉を開けた。

「夕食の仕度ができたわ！　テーブルにね、ヘレンチェン！……」

エレーヌは自分の顔を母の唇に差し出したが母は顔を背けた。エレーヌはフリュ・マルテンスの所に行った。彼女はもう湯気を立てるスープ鉢の前で日々のパンへの感謝を神に捧げていた。エレーヌの心は憎しみと怒りで高鳴った。

〝ああ！　本当に簡単過ぎるわ！〟

そう思った。

第四部

1

人間たちを気まぐれに地表に吹き散らした革命の爆風は一九一九年七月、カロル一家をフランスに追いやった。

数ヶ月前にフィンランドを横断していたボリス・カロルは為替レートのせいでスウェーデンの五百万クローネを失ったがそのうちの二百万を取り戻し、パリに向かっていた。妻娘とマックスはパリで彼と合流することになった。

講和条約*調印の翌日、船はイギリス沿岸に近づいた。秋のようにひんやりした霧の深い夜だった。星が輝いては次々に消えていった。陸地は明るく照らされていた。沿岸の小さな街々は紙提灯を吊るした綱で繋がれ、一塊になって震える黄色い光を放っていた。周囲に掛かった暈《かさ》が湿った海の霧の中で穏やかに揺らいでいた。空に花火が打ち上げられ、一つが輝くと他は赤茶けた煙だけを残して消えた。風が軍楽隊の演奏を船まで運んできたが、勇ましいファンファーレもこの晩の厳《おごそ》かなメランコリーをかき消すことはなかった。休戦協定に酔い痴れた時はとっくに過ぎ去り、祝典のためのうっとうしく不器用な努力だけが残っていた。イギリスの水先人が甲板に上った。酔っ払った彼はふらつきながらロンドン訛りで繰り返し歌った。"Every man on land is married to-night, Ladies......"深いしんみりした声だった。

＊　第一次世界大戦における連合国とドイツの講和条約。一九一九年六月二十八日にフランスのヴェルサイユで調印された。通称ヴェルサイユ条約。

彼から逃れようと彼女は一番好きな場所に隠れに行った。船首では船長のベルギーのブルドッグが小さな音をたててロープを噛っていた。彼女は長い間、宵闇の中で自分の前に静かに浮かんでいるフランスの岸辺を眺めた。愛情をこめて見入った。ロシアを何度眺めても彼女の心は決してこんなに嬉しく弾まなかった……明るく照らされた海岸、海上を飛ぶ花火が自分を歓迎しているように見えた。近づくにつれて風の匂いに覚えがあるような気がした。彼女は目を閉じた。世界で一番美しいこの穏やかな土地を五年見ていなかった……しかしその短い期間が彼女には永遠とも思われた。彼女は多くの物事を見た……子どもから娘に変身した……一つの世界が数知れぬ人間たちを死に引きずりこんで崩壊した。だが彼女はそれを忘れていた。或いはむしろ、彼女の中で強固なエゴイズムがずっと目覚めていた。若者の容赦ない非情さで彼女は暗い記憶を吹き飛ばし、ただ一つ自分の力、年齢、酔うような能力の自覚だけが残った。少しずつざわざわした興奮が彼女を満たした。風の息吹をもっと感じようとロープの塊に飛び乗った。海は船のライトに薄っすら照らされて煌いていた。彼女は空中で海の大気に口づけするようにそっと唇を差し出した。自分の軽やかさ、溢れ出る歓びを感じた。自分より強い力が前に運んでくれるような気がした。

〝これが若さね〟彼女は微笑みながら思った。

〝ああ！　これよりいいものなんてこの世に何にもないわ〟

マックスが来るのが見えた。足取りと吹かしている小さなパイプの火が見えた。

「そこにいるのか?」疲れた声で彼は言った。

彼は近づいて彼女の側《かたわら》で手摺に肘をつき、黙って海を眺めた。舷灯《げんとう》が彼を照らした。どれだけ彼が変わってしまったか!……彼は若さの極みで実際以上に繊細で美しく見える男だった。三十にならないのに髭を剃り口の端が引き攣った顔はもう重たげに太り、皺《しわ》が寄って醜くなっていた。絹のように奇麗な眉毛も見下すような美しい口元の襞《ひだ》も消え失せ、今は窪んでしまった口に疲れと苛立ちが表れていた。歯には金を詰めていた。

彼はブルドッグに向かってそっと口笛を吹いた。

「さあスヴェア、お前の場所をあけて……エレーヌ、もうちょっとそっちに……」

彼はさっと彼女の隣に坐って膝の上にブルドッグを抱えた。

エレーヌは小さな声で言った。

「あの右手の灯はきっとル・アーヴルだわ……なんて輝きかしら……グラース海岸の眺めも覚えてる……そう、これがフランス、フランスなのよ!」

「嬉しいのか? 君は」彼は溜息まじりに尋ねた。

「そうよ。なんで嬉しくないはずが? 私はこの国が好き、それでこの明かりが素敵な前触れに見えるわ……」

彼はせせら笑った。

「若さの思い上がりか……明かり、音楽、叫び声、君にはあれが講和の調印みたいなつまらん出来事を祝ってるんじゃなく自分のためと思えるんだな……おめでたいもんだよ、小娘は……」

「あらまあ」彼女は彼の手を取って言った。

「あなただって私の立場になれば凄く嬉しいはずよ……自分をご覧なさい……うんざりしていらいらして……なんでなの？　私は嬉しいわ、うきうきして幸せよ……十七ですもの、幸せなお年頃よ！」

彼女は自分のむきだしの腕をそっと唇に運んで舌の先端を日焼けしたすべすべした肌に当てた。海にいた十日間で肌には塩味が残っていた。マックスは興味深げに彼女を見た。

「言ってもいいかな？」一瞬思案してから彼は尋ねた。

「気を悪くしなきゃいいけど！……君は成長しても年をとってもいない。君が僕に思わせたがるようには。そうじゃなくて、単に若返って見えるんだ。十五の時は若年寄だったけど……今は、つまり、年相応に……」

「あら、それが分かった？」彼女は呟いた。

彼は頷《うなづ》いた。

「僕は何でも分かる。何だって理解するんだ。僕が理解しない時は理解したくないってことさ……」

「あら！　本当に？」彼女は言った。こう思いながら。

〝さあ、始まったわ……一番強いのが誰かようく見せてあげる……〟

彼女は底意地悪く残酷な興奮に奮い立った。そして同時に痛切な悲しみをこめて思った。

〝私、二人よりましなもんじゃないわ、結局……〟

彼女は記憶の中で一人の不幸な小娘と再会した。心に愛情が溢れた。自分の奥底にあるイメージを優しく見詰めて語りかけた。

〝辛抱してね、あなたに見せてあげるから……〟

彼等は明るく照らされた両岸の間を航行していた。フランスとイギリスの間でファンファーレ、花火が交換され、赤茶けた海の霧の中から旗を飾った光り輝く港が船の前にゆっくりと浮かび上がった。

エレーヌは忘れていた子どもっぽい仕草で震える両手を擦り合わせた。

「子どもの頃ここに来たの。私が幸せだった世界でたった一つの場所だわ」

彼女は声を抑えて言った。自分がよく知っている乾いたせせら笑いを予期しながら。

だが彼は直ぐに答えなかった。語り出した時、彼の声は改まって口調は優しく躊躇いがちだった。

「君が幸せな子どもじゃなかったことくらい知ってるさ……分かるだろ、エレーヌ、人はそれと知らずに他人を苦しめてしまうことがある。いつでも望むようには生きられない……君の年なら……」

彼は口を噤《つぐ》んだ。

「情熱って言う言葉が何のことか、君に分かるかな……」

彼はしばらく黙って星を眺めながらパイプを吹かした。

「あんまり光らんな……地上の明りに消されてしまうんだ……何を言ってたんだっけ？……そう、情熱だ……例えば君の父親……彼には賭け事への情熱がある、恐ろしく盲目的でどうにも抑えられない……エレーヌ、可哀想に、君は情熱にとりつかれた種族に属してる。全身全霊を捧げて我に返ることなんかない……義務もモラルもお構いなしだ。彼等はそんな調子さ。君も彼等と変わらんな。僕はそんなじゃあない……ただもう解《ほど》けない繋がりがあって、そいつが締めつけて窒息させるんだ……僕だって人を苦しめることはできるさ。だけど、少なくとも僕なら悔いるよ。人のことをすっかり忘れるなんてできない。あの貪欲さあの残酷さが僕には分からん……分かるつもりだったが……」

彼は顔を背けてゆっくり恥じるように目に手を当てた。たぶん涙の痕を拭いながら。

「母が死んでから何が自分を捕まえてるのか分からないんだ」彼はとうとう言った。

「エレーヌ、僕にはふさぎの虫がとりついてる……ああ！　どんなふさぎの虫か、君には分からん……僕は母をとても愛していたんだ……他人からすれば母はそっけなくて冷たく見えただろうが……でも僕を、母がこの僕をどれだけ慈《いつく》しんでくれたか……僕が近づくと母の表情が変わって輝くんだ。微笑むんじゃない。一種内側の光、僕のためにしか現れない光で……」

彼女は驚いてその話を聞いた。実際、彼女にとって子どもの母への愛ほど異様で理解しがたい感情はなかった。だがそれからこの男は自分の悲しみを大いに楽しんでる、ベラとその横暴で押しつけがましい愛がかき立てる怒りでその悲しみを育てている、と思った。

その間、マックスは喧嘩の最中にエレーヌの母が投げつけた一つの言葉を忌々しく思い出していた。もうずっと以前のことだったが。

〝……それでね、或る日あなたはエレーヌと結婚するのよ……おしまいはいつだってそんなもん……〟

彼は笑った、その時は……今もまた薄く笑った……だが、発した者がもういない時、つまらぬ言葉が新しく予言的で脅迫的な値打ちを持つ……彼はその記憶を払いのけた。エレーヌが優しく言った。

「もしあなたがお望みなら……私たち……いいお友達になれるのに……」

彼は溜息をついた。

「勿論、僕は望むよ。僕にはあんまり、僕には友達が一人もいないんだ」

彼は彼女の手を握った。

「分かるだろ。僕らはずうっと友達でいられたはずさ。君がそれを望んでいたら……だけど、君は嫌らしかった……」

「さあ」彼女は笑いながら言った。

「そんなに悩まないで……私たちも講和条約にサインしたじゃない、今夜……」

彼女は床に飛び降りた。

「私、寝るわ……」

「君の母さんはどこ?」

「横になってるわ。あの人、船の横揺れが我慢できないの……」

「ああ!」彼は上の空で言った。「おやすみ……」

貨物船がノルコピンからル・アーヴルまで舞台装置を積んでいた。奇妙な貨物だった……海がひどく荒れてル・アーヴルでは下船できず、船はルーアンまでセーヌの河口をたどった。明け方、田園は一面果樹に覆われていた。エレーヌは身じろぎもせず、驚き、唖然としてこの平和な土地を眺めた。りんごの木々……それがココヤシの木、パンヤの木、パンノキが茂るのと同じように異様に見えた……

……それからルーアンが現れ、その晩パリ……

パリではカロル氏が彼等を待っていた。彼は一層痩せていた。折り曲がった肩に見苦しい皺が寄った服を引っ被っていた。干からびた薄い顔の皮膚の下に骸骨の形がくっきりと現れ、頑丈な顎の上の骨の動きまで追うことができた。目の周りが黒ずんだ輪になり、動作の一つ一つが神経質でぎくしゃくしていた。内なる炎に貪《むさぼ》り食われたように見えた。

彼はせかせかと娘にキスしマックスの肩を叩いた。それから振り返って愛しげにベラの腕を取って自分に引き寄せた。

「ああ、愛《いと》しの女房……」

だがエレーヌの頭上ですぐさま数字と分からない言葉の奔流が溢れた。

パリは物悲しく、人影もなく、僅《わず》かな照明と星明りだけに照らされていた。エレーヌは通りの一つ一つに覚えがあった。

彼等は暗い無人のヴァンドーム広場を横切った。ベラが顔をしかめて言った。

「これがパリ?……ああ、なんて変わっちゃったの!……」

「歩く度に金になる」カロル氏が呟いた。「金の上で動き回ってるんだ」

2

秋になるとカロル氏はニューヨークに発った。車輪もヘッドライトも金ピカの新車を妻に残して。

時折、夜明け時に小間使いがエレーヌを起こして一時間以内に出かけると告げた。どこへ? 誰も知らなかった。朝の時間が経ち、車は待っていた。女中たちが小さなスーツケース、ベラの帽子箱、化粧道具を降ろした。それから小間使いが宝石箱、化粧箱を抱えてエントランスホールを横切り自動車の奥に坐って待った。マックスとベラが喧嘩していた。エレーヌには自分の部屋から二人の声が聞こえた。最初は冷ややかで落ち着いていた声が知らぬ間に大きくなり、激しい憎しみがこもった。

「もうごめんだ、絶対に！……」

「そんなに騒がないでよ……」

「騒ぐだって！　あんたは周りの皆をうんざりさせるんだ……」

「以前は……」

「以前の僕は狂ってた……正気に戻った狂人を永久に独房で鎖に繋がなきゃいけないか？」

「だったら行きなさいよ、誰があなたを引き止めるの？」

「ああ！　そいつを何度も言うな……」

「なんで？　いいわ、いいですとも、お出でなさい、出て行きゃいいのよ、恩知らず、卑怯者……いえ違う、違うわね、マックス、ご免なさい、許して……私をそんなふうに見ないで……」

そうこうするうちに昼が近づいた。昼食を摂らねばならなかった。食事は重苦しい沈黙の内に過ぎていった。ベラは涙が溢れる目で通りをじっと眺めた。マックスは震える手でミシュランガイドをめくった。ページが彼の指で破れていた。小間使いは宝石箱と化粧箱を持って自分の部屋に戻っていた。車は待っていたが運転手は運転席で眠っていた。ボーイ達が鞄を引き上げた。エレーヌは母の部屋に行って扉を叩いた。

「今日は出かけるの？　ママ」

「いえ、分かんないわ。ほっといて！　だいたい何処に行くのよ？　遅くなっちゃって。エレーヌ、エレーヌ、あんた何処？　そうね、行きましょ、直ぐに一時間のうちに。いえ、行って！　私をほっといて、頼むから！　皆、私をほっといて！　あんたたち、私が死んだほうがいいんでしょ！……」

彼女は泣いていた。車はずっと待っていた。ベラは化粧品の箱を開けさせて崩れた顔を塗りなおした。運転手が尋ねた。

「お嬢さんはどこに行くかご存知ないんで？」

エレーヌは知らなかった。彼女は待った。まだ怒りに震え、蒼ざめた母とマックスがようやく出て来た時、時間は遅くなっていた。水をまいた通りから澄んだ赤い空に向かって微かに湯気が立ち上っていた。彼等は出発した。行き当たりばったりにパリの門の一つの名前を告げた。皆、おし黙っていた。ベラは化粧が崩れないように溢れる涙を拭わず神経質に目を擦《こす》りながら哀れみと愛情をこめてかつての自分を思った。カロル氏を除いて世間の誰があの若い女を覚えているだろう？　一九〇五年流《はや》行《り》のスーツを着て、薔薇を飾った大きな藁の帽子を黒髪のお団子に載せ、薄布のベールで顔を隠して秋の夜パリの通りを歩いた……彼女はその頃初々《ういうい》しく、不器用だった。安物の香水や白粉を使い方も知らずやたらに頬につけていた。だが、肌は真っ白でつやつやしていた！　彼女の目に、何もかもどれだけきれいに見えたことか！……なんで結婚したのか？　なんで誰もがあり得たかもしれない自分の人生にこんなに遅くなって気づくのか？　娘の頃知り合ったあのアルゼンチンの男になんで抵抗したのか？　あの男は自分を棄てたかもしれない、でも他の男たちが現れたはず……彼女は猫かぶりではなかった。〝男達は皆、私の何を欲しがるの？　私、自分の体を変えられない、血の中で燃える炎を消せない。私が良妻賢母の柄？　この私が……マックスは私が周囲の退屈なブルジョワ女たちと似ていないからこそ、私を愛したんじゃないの。それが今になって私があの頃のままだから許せないなんて……それが私のせい？……〃そう思った。

彼女は十五年前の夜、自分が着いたかつてのパリを思い出した。黄色い光を滲《にじ》ませてゆっくり降る小雨までも。一軒一軒の家が宵闇の中で輝いていた……男が一人着いてきた……何もかもなんて遥《はる》か……男は彼女を連れて行きたいと申し出た。ああ！　絶対にロシアに戻らず、夫にも娘にも二度と会わず、男と一緒に行くことに彼女がどれだけ焦がれたか！　男を愛したからではなく、男が自由で幸せな暮らしを象徴していたから。幸せ？……ならば、どうして行かなかったのか？……単に、彼女はまだ若く思い切って踏み出すのは……冒険して惨めになるのが怖かった……胴着の中の胸の間に縫いつけた小さな絹の袋にはボリスとエレーヌの写真が入っていた。パスポートと帰りのチケットと一緒に。愚かで臆病な青春……たった一度のかけがえのない青春！　マックスがそれを自分から盗んだ、と彼女は思った。彼のせいで、うかうかと時をやり過ごしてしまった。貴重な時を自分に引き寄せようとも、そこから幸せの一滴一滴を搾《しぼ》り出そうとも思わず。そして今、彼はもう彼女を愛していなかった……

彼女は彼の方を向き、涙を通して見詰めた。パリを離れ田園の中を走っていた。夜になっていた。牧場から草の匂いが、暗い農場から牛乳の匂いが立ち上った。眠っている村を横切るとヘッドライトが白い建物の正面、光る縁石を照らし出した。教会のポーチに羽を畳んで微笑む謎めいた白い天使の石像が現れた。暗闇の中から一匹の犬が出て来た。薄い黄色であるいは猫なのか、金属的な目がヘッドライトの光を反射していた。二枚の鎧戸の間に白いキャミソールを着た年取った女の姿が見えた。死ぬほど眠くなっていた運転手はぶつぶつ呟き、強く踏まれたブレーキが軋《きし》んだ。だが彼等は狂ったようにノルマンディかプロヴァンスに走り続けた。その間ベラは繰り返した。

「他の所に行かなきゃ……私、この道、好きじゃない……車も好きじゃない……何もかもうんざり、何もかも癇に障るし、悲しいし、ぞっとするわ」

そして愛、悲痛、不安のこもった眼差しで傍らのじっと動かない冷たい顔を見詰めた。

真夜中、彼等は夕食を摂るために空いていた小ホテルに車を停めた。食事の間、エレーヌは底意地悪くわくわくしながら喧嘩が炸裂するのを待った。それは絶えず見えないながらも存在し、灰を被った火さながら燻《くすぶ》っているようだった。

「こんなふうに旅行するなんて、ほんとにどうかしてるよ！」

「あなた、パリに残ってりゃよかったじゃないの！」

「はっきり言っとくが、あんたと一緒に来るのはこれが最後だ！」

「あなたにはうんざりよ！」

「あんたはエゴイストだ……食餌療法なんかしてるけど……他人が飢えて死んでも知ったこっちゃない！」

「娘の前で下劣なことを言わないでよ！」

「僕は下劣じゃない、だがあんたは、あんたは狂ってる！」

エレーヌは微笑みながら二人を見た。彼女はわざとごく間近な過去の歳月を記憶に浮かべた。こんなふうに二人の間にいるとそれぞれの行動をびくびくしながら探り、声が炸裂する度に飛び上がった。終《しま》いには母の怒りが必ずひ弱な自分かローズ嬢の上に落ちるのが分かっていた。今や彼女を苦しめる力を持つものは世界に何一つなかった……

彼女はラードで焼いたオムレツとコールドミートをもりもり食べいいワインを飲んだ。そして嘲るような歓びを感じながら、威信も不吉な力も失くした口喧嘩が耳に響くのを聞いた。子どもがお芝居の雷鳴を怖がらなくなるように。二人は棍棒で顔を殴るように一番単純な言葉をぶつけ合った。それを繰り返しながら一番意味のない言葉を探し、隠された暗い意味を見つけた。一年前、五年前の古い記憶に戻り、混ぜっ返すのに一番都合のいい言葉を見つけようとして情け容赦なく互いの言葉を探った。

〝愛し合うお二人〟エレーヌは侮蔑をこめて思った。

だが、マックスと彼の古い愛人の間に残っている血を流す瀕死の愛を見抜くには彼女はまだ若すぎた。

彼女は思った。

〝なんでこんなことに? こんなにあっと言う間に……この男はこの女をとても愛してたのに……多分フィンランドで私がフレッド・ルスと恋をしている間に。私、何も分からなかった……〟

彼女が皮肉な憐れみを感じながら二人を眺めていると、ベラがお皿を押しやってわっと泣き咽んだ。涙が流れ化粧が溶けた。以前であれば、彼女が泣くと激しい痛みがマックスの心を深く貫いた。今、彼は歯を噛み締め、怒った不安げな眼差しを周囲に投げながらやっと言葉を絞り出した。

「沢山だ。あんたは僕をおかしくする！」

それから乱暴に椅子を押し退けた。

「ああ！　もう沢山だ！……来たけりゃ来ればいい！……おいで、エレーヌ！……」

ベラが泣きながら半分残ったお皿の前で白粉を塗り、涙の下に現れた新しい皺を一本ずつ苦い悲しみをこめて数えている間、マックスとエレーヌは月が照らす敷居の上に立って彼女を待った。彼は疲れた掠《かす》れ声で言った。

「ああ、エレーヌ……僕のエレーヌ、僕は不幸だ……」

「なんて大げさなの……」

「ほう」彼はむっとして言った。

「いい人だよ、君は！　こんなことでは苦しまんか……」

「苦しまないわ、それは本当、もう今はね……」

ベラが一緒になって彼等はまた出発し、一晩中黙りこくって車を走らせた。

翌日、彼等はフランス中に広がり始めていた〝田舎風レストラン〟に着いた。そこではレースの帽子、ピンクのタフタ織の上着でノルマンディーのオペレッタ風に装った給仕女たちが尖った高いヒールで躓《つまず》きながら草の中を走った。農家の水差しに上質なワインを入れて運び、縁の欠けた花柄の陶器の皿に無造作に二つに折った三人分の昼食の勘定書きが乗っていた。五、六百フランはインフレで、束の間の繁盛だった……イラクサの中に真珠の首飾りが蛇のように這い、ジゴロたちが草の中に寝そべっていた。毛むくじゃらの胸、肉屋の小僧の赤くて湿った手首をした安手の〝愛人〟たちだった。

夕暮れになってカップルたちが姿を消すと、薄暗くなった庭の中でようやくガソリンと白粉の臭いが消え始めた。彼等はノルマンディの森の植物の冷たく、湿って、苦い香りを吸いこんだ。マックスとエレーヌは二人で静かに会話を交した。その間、ベラは暗がりに隠れて顔の筋肉の新しい体操を試みていた。十二回か十五回続けて、ゆっくり顎を下げ、それから力をこめて歯を噛み締める。それから頬の肌が引き攣って切れそうになるまで口元をきっと結ぶ。彼女は静かに首を後ろに反らせて空気をゆっくりと吸いこんでは吐き出した。傍らでマックスと自分の娘が発する言葉は彼女の耳に届かなかった。エレーヌはまだ子ども……

〝十八になるやならずの小娘よ、彼は目もくれやしない……でも彼に欠けてるのは家庭の幻影。少なくとも彼はそう思ってる。小娘といると気がまぎれるのね……〟

彼女はそう思った。

マックスとエレーヌは二人が幼年期を過ごしたドニエプルの小さな町の話をした。思い出にはメランコリックな魅力があった。二人は秋の凍って澄み切った大気、眠りについた街路、モリバトの鳴き声、古い皇帝公園、大河の中の緑の小島、金の鐘のある修道院をうっとりと回想した……

エレーヌは言った。

「私、あなたのお母様を覚えているわ……四輪馬車も馬たちも思い出すわ……馬たち、なんて肥えてたかしら……私、どうして進めるのかしらって思った。あなたのお住まいは？」

「ああ！　古い古い屋敷さ。優美なね。歩くと所々寄木貼りの床が凹むんだ。それぐらい古かったなあ……薄板を足で踏んだ時に軋む音をまだ覚えてるよ……もう一度あれを全部見るためなら、僕は何をくれてやることか……！」

「ブルジョア、プチブルよね」ベラが軽蔑をこめて言った。

「私は、私はここで幸せだわ……」

彼女はそっと手を進めて彼の手を取り、必死の愛情をこめて握り締めた。そして呟いた。

「あなたと一緒で……」

彼は自分の椅子を遠ざけてエレーヌに不満げで当惑した仕草を見せた。エレーヌは悲しく微笑んで思った。

〝もうちょっと後でね。私の素敵なお友達……〟

3

秋には、カロル一家はもうホテルではなく、ポンプ街の家具つきのアパルトマンに住んでいた。イタリアの公爵と結婚したアメリカ婦人が所有していた住いで、一つ一つの肘掛け椅子のビロードに家紋が押され、背もたれには金色に塗った木の王冠が飾られていた。ボリス・カロルは時折何の気なしに王冠の真珠を引き抜いて手の中で転がした。彼がアメリカから戻って以来、エレーヌと両親とマックスが時折集い合って、家族の生活らしきものになった。カロル氏はよく分からない家紋が刺繍されたクッションに頭をもたせかけて微笑みながら妻と娘を見た。こうした瞬間は彼の人生にあって一つの安息であり、穏やかで落ち着いた歓びを彼にもたらした。稀だしちょっぴりだったが、彼は喜んでそれを味わった。ワインとスパイスの効いた料理で胃が疲れた時、卵黄入りのホットミルクを飲むように。エレーヌは辛そうな彼の顔に極稀《ごく》に浮かぶこの表情を知っていて、それを自分の中で〝善意の男の地上の安らぎ〟と呼んでいた。ベラは一層重苦しく静かに見えた。彼女の体内で絶えず燃えている炎が静まる瞬間だった。マックスは煙草をふかし、エレーヌは読書した。ランプの灯がエレーヌの髪を照らした。ベラが静かに口を開いた。夫を喜ばせるためか、或いは彼女の中にうっすらながらも母性的な感情が無くはなかったせいか。

「エレーヌも大人になってきたわね……」

そして彼女は直ぐに自分から背けられたマックスの強い眼差しが俯《うつむ》いたエレーヌの顔に注がれるのに気づかなかった。だがベラが穏やかになればなるほどエレーヌは自分の心の中で子ども時代よりさらに強く、さらに生々しく憎しみが動くのを感じた。〝あの頃なら、ほんのちょっとでよかったのよ……〟彼女は思った。

〝今さら遅すぎるわ……絶対に私、この女を許さない。今この私を苦しめるんなら許せるかもしれない……そう、許せると思うわ……でも、踏みにじられた子ども時代は許さないわ〟

時折、彼女は鏡に目をやってその奥に少女だった自分の丸くて浅黒い顔、大きな口、黒い巻き毛を無意識に捜した。だが、見えるのはベラの言うように大人になりかけているが、とりわけ誇りと無邪気さを失い始めた一人の娘だけだった。その顔は頬骨の下が窪んでいた。後々、ちょうどその場所に最初の皺が現れる……

熱っぽく冷たい異郷、パリの真ん中で家族が過ごす晩。家具つきのアパルトマンはまるで彼等のものにならなかった。そもそも、どこに住もうと、決して何一つ、本当に彼等のものにはならなかったように。一まとめで買った書物、品々、肖像画はつけ替え忘れて半分だけ燃えながら僅かな黄色い光をけち臭く注いでいるシャンデリアの下で、ゆっくり埃を被っていた……誰も手入れしない薔薇が花瓶の中で枯れていた。誰も決して蓋を開けないピアノが片隅に追いやられていた。一メートル千フランしたレースのカーテンは破れて所々煙草の火で焦げていた。絨毯には灰が撒き散らされていた。書斎の隅で女中が馬鹿にしたように黙ってコーヒーを注ぎ、〝頭のいかれた異邦人たち〟に冷笑を浴びせながら姿を消した。エレーヌは自分でこの室内にちょっとでも秩序と調和を与えようなどと思ってもみなかった。家具や品々を自分のものとして見るには、至る所であまりにも仮住まいに慣れ過ぎていた。自分の部屋を飾る壁紙や書物まで何もかもが反感と不信の念を彼女に抱かせた。

〝そんなことして、どうなるの？……私が愛着を持ったらきっと何かが起こって出て行かなきゃならなくなるのよ……〟

カロル氏はクラブで勝負に勝った時は子どものようにはしゃいだ。彼が自由でひどく貧しかった幼い頃の思い出を語ると、エレーヌは自分の血に覚えがあるようにその話しに耳を傾けた。目を閉じると自分自身が暗い通りで暮らし、泥んこか埃の中で遊び、父が語る軒の低い小さな商店の奥で眠るような気がした。そこでは冬になると氷を溶かすために窓辺に蝋燭を灯して置いていた。

ベラは何もせずにいるにはぴりぴりし過ぎていたが、役に立つ仕事には決して手を染めず、ドレスを解《ほど》いた。朝、シャネルかパトゥから届いたドレスだったが、夜には布切れと解けた刺繍の山だけが形骸を留めていた。

彼女はエレーヌを見詰めるマックスの目に気づかなかった。ためらいがちな彼の声が耳に入らず、彼の顔を掠める異様な優しさにも、エレーヌのむき出しの腕にうっかり触れてしまった時手を震わせてちょっと慄《おのの》くのにも不安を感じなかった。彼女にとってエレーヌは死ぬまで子どものままだった。

〝まやかしの王国ね〟エレーヌは思った。

〝パパは紙で遊んで、それがお金だと思ってる……この女はパリのペテン師どもを皆お迎えしてそれを社交界って呼んでる……切らしてもらえないんで、私はお下げ髪。この女はそれで充分で私は永遠に十二歳、マックスは絶対に私を一人前の女には見ないって思いこんでる……待ってなさい、私の婆さん、待ってなさいよ……〟

ある晩、カロル氏が毎晩通うクラブに出かけ、十一時の鐘が鳴ったとたんベラがマックスに合図を送った。

「出かけない?……とってもいいお天気よ……ブーローニュの森に行きましょうよ……」

春の美しい晩だった。マックスは承知した。ベラは帽子を被るためにマックスとエレーヌから離れた。突然、エレーヌは若者の手を取りながら言った。

「私、あなたに行って欲しくないわ」

「どうして?」彼は呟いた。

彼女はわがままでせがむような口調で繰り返した。

「行って欲しくないの」

二人はじっと見詰め合った。二人の間に一人の男と一人の女を結びつける暗黙の合意が通《かよ》った。その時言葉も交さず、キスを与えも受け容れもせず、全てが語られ、果され、決定的に完了していた。とは言え、彼はまだ身内にベラへの愛の重みを感じていた。彼女の横暴な性格、気まぐれ、狂気、彼の中で重く鋭い官能的な愛と欲望を掻き立てた全てがゆっくりと引いていった。そして波が引いて露《あらわ》になった浜辺に、さらに強烈な波が押し寄せてまた覆い隠してしまうように、古い愛に代わって兄弟のようにそれによく似たもう一つの愛が現れた。同じ嫉妬、同じ暴虐、同じ残酷で悩ましい愛情を後に引きずりながら。

彼は彼女を見ずにもう一度言った。同時にたぎりたった血が彼の顔、窪んだこめかみまで上った。

「どうして？」

「だって、私、退屈なんですもの、ああ！　マックス、私、子どもの頃あなたのせいで凄く退屈だったの……今、ちょっとわがままさせてくれたっていいでしょ？」

彼女は囁いた。

彼は彼女に恐ろしい視線を投げ、直ぐに逸らした。

「いいだろう、だけど、君も僕が望んだらわがままさせてくれるな……」

「どうやって？」

彼は彼女が尻ごみするのを見て無理やり笑いながら呟いた。

「冗談だよ、勿論……」

この晩、彼は戻ったベラに外出はしないと告げた。そしてまだろくに吸っていない煙草を次から次に投げ捨てながら残りの時間をいらいらと過ごした。疲れ果て、蒼ざめ、不安そうに見えた。とうとう彼は出て行った。人気のない通りに出て行く彼の背後で、表門の扉が閉まる音が聞こえた。ベラは涙の溢れる目を空《くう》に据えてじっと坐っていた。

エレーヌは部屋を横切って開いた窓に肘をついた。月の光が舗道を照らしていた。芽吹いたばかりのまだ柔らかくてか弱い小枝が揺れていた。照らされた文字が流れるエッフェル塔を眺めた。Citroën（シトロエン）, Citroën.

〃私、なんて幸せなのかしら〃彼女は驚きながら思った。

〃大したことじゃないのに……〃

バルコニーの入り口にエレーヌの黒猫、タンタベルが坐っていた。マックスがくれた父の次に彼女が世界で一番好きな猫で、撫で擦り面倒を見ながら自分のそばから離さない唯一の存在だった。彼女は時折彼を自分に引き寄せて語りかけた。

「愛してるわ、あなたを……暖《あった》かくて、元気なあなたを、愛してる……」

彼は鼻面を月に向けた。

〃成功したから私は幸せなのね、だって、マックスは私を愛してる！……〃

彼女はそう思った。実際、彼女は彼が自分を愛していることを充分に知っていた。だが、これほど容易《たやす》い征服は彼女に失望と恥辱感を残した……

〃いえ、そうじゃない……何もかも一緒になってるんだわ、それは多分、私が若いからよ〃

彼女は十八歳であることの歓びを存分に味わいながらそう思った。彼女の場合、それは若さの陶酔やめまいではなく、一種の充足感、滑らかで強い肉体、血管を静かに楽しげに流れる若い血を自分が持っているという感覚だった。ガラスに薄っすらと映った自分の体、彼女は繊細で滑らかな美しい腕、俊敏なほっそりとした手の平を空中に掲げた。彼女は自分の顔を楽しく眺めた。猫が喉をごろごろ鳴らしながらつやつやした黒い頭を彼女に摺り寄せに来た。

彼が知っている特別なやり方で彼女が口笛を吹くと、彼は喜んで気持ちよさそうな鳴き声をあげた。

「タンタベル……」

彼女は暗がりの中で長い髪を垂れるままにしていた。彼女はこうして眠りについた街、揺らめく小さな明かりを眺め、ブーローニュの森から微かに吹き寄せる夜の香《かぐわ》しい風を吸いこむのが好きだった。

正面のベンチで男女がキスしていた。彼女は興味と軽蔑の眼差しを二人に向けた。

〝醜くて馬鹿みたい、愛なんて……じゃフレッドは？……ああ！　あれは笑い話……〟

彼女は猫に語りかけた。

「タンタベル、年をとると人はなんて賢くなるんでしょ！」

彼女はバルコニーから身を乗り出し、空間に半分ぶら下がるような危険な楽しみを味わいながら無意識にバランスをとった。親愛な静かな声が今も聞こえるような気がした。

「リリ、そんなことしちゃいけないわ……危ない遊びをしちゃだめ。それは本当の勇気じゃないのよ……」

しかしこの言葉には、彼女が分かりたくない意味があった……

〝本当の勇気？……ええ、私、よく分かってる、謙虚になって、許すことよね……でも駄目、でも駄目だわ……それを私に求めるのは無理、そうよ、それを私に求めることはできない。とにかく、ゲームはもう充分って分かった時に止めるの……この女を苦しめるまでは駄目、この女を……せめて少しは……どうやったって、この女のせいで私が苦しんだほどにはならない……少しだけでも……〃

そして彼女は振り向き、目を細めてじっくりと残酷に母を眺めてから言った。

「なんてきれいな夜！……十八歳だっていうこと、なんて幸せなの！……ああ！　私、年寄りにはなりたくないわ、ママ……お気の毒様……」

ベラはびくっとした。エレーヌは大嫌いな母の手が震えるのを見た。生白く、獣の形をした爪は年とともに艶も硬さも失っていた。

「あんただって人並みに年を取るのよ」彼女は小さな張りのない声で言った。

「その時、それがどんなに面白いか分かるわ……」

「まあ！　でも私には時間があるの」彼女は歌うように言った。

「いっぱい時間が……」

ベラは立ち上がり、乱暴に扉を閉めて出て行った。一人になるとエレーヌは思わず目に涙が溢れるのを感じた。

〃まあ、どうしたのかしら？〃彼女は肩をすくめながら考えた。

〃私、あの女に同情してるの？……違う、大体あの女が年をとったって私のせいじゃないわ！　十五も年下のジゴロなんか捕まえなきゃよかっただけよ！　でも、私だって、私だって、あいつらよりましなもんじゃないわ……〃

4

静かに、ゆっくりと、罪ある愛は育った。最初のひ弱な花が開く時、もう男の心の中にくねったその根が深々と埋めこまれていた。花があんまり儚《はかな》く小さく見えるので、男は愛《め》でるよりも自分の力に酔おうとしてそれを眺める。自分がとても強いと感じる……たった一つの行動、ちょっとした努力で全ては終わり、自分の心から引き抜かれて永遠に死ぬだろう……だったら何を恐れる？……彼は微笑んだ。挑み、憐れむように。

〝いいだろう、そう、これは恋になりかけている……だがこの年で何を恐れる？　育つのを放っておいたらこれが俺に不幸しかよこさないのは分かってるんだ……〟

だが恋と呼んでその存在を認めた日、彼は初めて自分の弱さに気づく。しなやかで強靭な根が日に日に彼の奥深く下りていく。彼が〝もう充分だ、充分、遊びは終わりだ……〟と思って慄く正にその瞬間、彼は屈服し、自分の恋に慣れ親しみ、苦しみをも慈《いつく》しむ。そうなれば時間と疲労が強靭だが脆《もろ》い毒ある花を殺してくれるのを待つしかない。

マックスはエレーヌのイメージと戯れ始め、夜、眠りながら記憶の中の彼女を探した。そんな時、一層特別に自分が古い愛人と人生に倦み疲れているのを感じた。寝入り際、エレーヌの顔をもっとよく見ようとして目を閉じるのが好きだった。

〝恋してなんぞいない……そんな馬鹿な！……ああ！　またしても〟彼は思った。

〝恋、なんたるお笑いぐさ……恋、なんたる十字架だ……エレーヌ、あんな子どもに恋を……〟

彼はサンクトペテルブルクの島の或る秋の日を思い出した。ベラと散歩していると、通りの泥濘《ぬかるみ》の中で憂鬱そうにブーツを引きずっている幼いエレーヌを見かけた……どんなに彼女が忌々しかったことか！……存在そのものが彼を苛立たせた。いちいち探るようなあの目つき。何度ベラに言ったことか。

「一体なんであの娘をどっかの寄宿舎に放りこんで、二人で気ままにしていられないんだ……」

あの小娘が……で、今は？……いや、違う、違うぞ、恋などしていない……これは勝手な想像の戯れだ……ただ、会うと楽しいだけ……それに世界中でたった一人、率直に、楽しく話せる相手……彼は記憶の中で彼女の浅黒く細っそりした首、若々しい顔を改めて思い浮かべた……若さ、彼を魅了したのは正にそれだった。彼は三十になっていた。で、ベラは……彼女は自分より若い女のことを言った。

〝冷え切って動かない木偶《でく》人形よ……どこにでもいるじゃないの……〟

そうだ、確かに。だったら、あの暑苦しい恋する年増女たちはそんなに珍しいか？　時々眠りながら夢の中で二人の女の顔が気まぐれに入り混じった。時々エレーヌを腕に抱いて呼んだ〝ベラ、愛《いと》しいベラ……〟

彼は身震いしながら目を覚ました。嫌悪と恥ずかしさで胸が締めつけられ、改めて思った。

〝俺はあの子を愛しちゃいない。恋と戯れてるんだ。自分と戯れてるんだ……俺が望んだらこんな

ことは永遠に終わる……〃

そうするうちにも時は経った。彼はもう欺瞞《ぎまん》なく、恐れと後悔をこめて思った。

〃愛人の娘だ……〃

でも、それがどうした？……珍しくもない……彼は思った。

〃まず避けて通れない……それが……お決まりだ……ベラは絶対に許すまい。彼女は母親じゃない。ただただ、恐ろしく女なんだ……仕方ない！　彼女が許さなくたってつまりは俺の知ったことか。俺は彼女に最高に美しい歳月をくれてやった……それで充分じゃないか？　俺は彼女のために母も家族も青春も犠牲にしたんだ……〃

彼がどんなに彼女を愛したか。あの頃もう若くも美しくもなかったあの女を……

だが、彼女は快楽を与えることを知っていた……彼は自分の母との諍《いさか》い、妹たちの涙を思い出した……彼女たちは彼を〃あの女〃から引き離すためにあらゆることを試みた。（なんと不器用に！）…

…こう言った母の口ぶりを彼はまだ覚えていた。

「あの女はあなたを愛しているんじゃないの。私に復讐したかったの。あなたを取り上げて……哀れな子ね……あんな下らない女、a mere nobody に」

母の口ぶりは苦かった。不幸な彼女はたぶん行きずりの愛人から学んだベラとは違って自然に英語で表現できる能力に慰めを見つけていた。

「あの女は勝ち誇ってる。今、私の息子を奪って得意なのよ。私が受け容れなかった小娘が。貧しかったからじゃないわよ。おかげさまで私はそんなことは越えています！　そうじゃなくてあの女がまるで街の女みたいに振舞っていたからよ……毒蛇よ！……我が子を奪うとは！　それ以外の魂胆であの女が動くと思う？　あなたは子どもよ。私を信じることね。女は男のために男を愛するんじゃないの。そうじゃなくて他の女を相手に……」

〝そうだ！　母は正しかった……〟マックスは思った。

しかし恋が初めから混ざり気なく純粋なことは珍しい、と知るのに充分なだけ彼は年をくっていた……ベラはサフロノフ老夫人に復讐したかった、当初は。だが、それから彼女は彼女のような女として可能な限り忠実に彼を愛した……彼が気づかなかったのは自分の若さ、激情、その全てが、かつて行きずりの男が彼女の心の中に呼び覚ました危険に満ちた恋への官能的な欲求を満たしたことだった……

〝彼女は自分だけのために俺が生き、呼吸することを望んだ。俺は今、この世で彼女と二人きりになってしまった……〟

孤独の恐ろしさが骨身にしみた。殆ど肉体的に息が詰まるような気がした。

〝俺には友達がいない。エレーヌの他には……ベラには単に人間の繋がりがない。家族も友情も仲間も。一人の友、一つの家族、一つの家庭、俺にはまるっきりそんなもんが無いし永遠に無いままだろう。彼女の側にいる限り……〟

〝それならなんで彼女と別れないのか？〟

彼は時折それを考えた。だが、カロル一家無しに生きることは不可能と思われた。彼には彼等しかいなかった。単なる馴れ合いもあるが、分別に従って繋がっていると思った。これ以上苦い取り返しのつかない孤独に恐怖を感じた……時折、彼はベラの電話にも言伝《ことづて》にも答えずに数日を過ごした。だがこの異国で友も職もなく過ごすのはあまりにも退屈だった。彼はロシアから贅沢はできずとも暮らしの心配はせずにすむ資産を持って来ていた……エレーヌとまた会いたくなって彼は戻った。軽やかに弾んだ足取りで行き来し、駆ける彼女を見た。若さの絶頂で翼が生え、なんとか地面にくっついているように見えた。彼は感嘆、苦さ、絶望的な羨望をこめて囁いた。

「君はなんて若いんだ、ああ、なんて若いんだ！……」

彼はそっと彼女の手を取り、慎ましくおずおずした仕草でこっそり自分の頬に当てた。

六月の或る日、カロル一家はマックスの家で昼食を摂った。その後直ぐに皆でビアリッツに発つ筈だった。マックスは殆ど田舎のようにひっそりしたパッシー界隈の質素で落ち着いた小さなアパルトマンに住んでいた。嵐がパリにのしかかっていた。薄っすらした赤黒い雲の層が空を覆い、知らぬ間に順々に近づいて来た。それは少しずつピンク色の濃い蒸気になって時折隙間から眩《まぶ》しい白い光線が射しこんだ。

食事が終わるとマックスは必要なスーツケースを買いに出かけた。エレーヌは本を手に取った。カロル氏はもの思わしげに空間の見えない一点を眺めていた。カスタネットのようにぱちりぱちりと指を鳴らした。心の中でクラブのテーブルを思い描いているのがエレーヌには分かった。彼はとうとう溜息まじりに立ち上がった。

「髭を剃る時間がなかった。三十分で戻るぞ」

「ボリス！」妻が金切り声を上げた。

「私たち、マックスが戻ったら直ぐ出かけるのよ！　きっと、あなた夕方まで戻らないでしょうが……」

「なんていい考えだ！」

ボリスはエレーヌが大好きなちゃめっけのある微笑みで顔を輝かせながら言った……

「ほうら、君にもちょうどお気に入りの新しい帽子を買う時間ができるぞ」

彼は妻の手にお札を滑りこませながら言った。

彼女は大人しくなった。

「一緒に下りましょ」

エレーヌは一人残った。微風が近所の小枝を揺らしていた。嵐の日の太陽が姿を現し巻き上がった葉を照らした。雲が一層厚くなって光線は消えた。木が揺れ風が六月の若葉をむしり取った。まだとても柔らかい緑の葉を……

鍵穴を回してマックスが入って来た。普段のカロル家を知っている彼は空《から》になった家を見ても驚かなかった。四時頃、誰も夜まで戻ると思っていなかったカロル氏が現れた。彼は乱暴に扉を閉めた。

「女房はいないのか？……車の中で待ってろってあいつに言っておいたのに。出てきたら誰もいやせん！　あいつらしい！　クラブに三十分以上いないと約束させて、ちょうどツキが回ってきたとたんに消えおった！」

「でも、お気の毒ですが」マックスが疲れた声で言った。

「四時を過ぎてます。あの人はあなたを二時間半待っていたはずですよ……それは認めますね」

カロル氏は聞いていなかった。扉の方を向いてじりじりと身震いした。目は輝いていたが悲しげで暗く激しい光を放っていた。

「ああ！　なんたることだ、ツキが回り始めたのに……」

彼は部屋を行ったり来たりした挙句、最後に作り笑いを浮かべて言った。

「あそこに戻ろう……ちょっとだけな……」

「雨が降るわ！　パパ」エレーヌが声を上げた。

「コート持ってないんでしょ。待って、傘を持っていって、昨日あんなに咳してたじゃない……」

「ほっといてくれ」彼は出て行きながら楽しげに声を上げた。

「これしきがなんだ！」

「もう一人はどこにいるんだ？　五時になるのに」いらいら身を震わせてマックスが言った。

エレーヌは笑い出した。

「マックス……まだ慣れないの？……発つのは夕方、それとも夜中、それとも明日、それとも来週かしら……それがどうしたの？　何かここよりいいことか違うことがあっちで待ってるの？」

彼は答えなかった。二人きりだった。時計の打つ音が聞こえた。とても遠くの空で、鳩の鳴き声のような静かで深い音をたてて雷が鳴っていた。

電話が鳴ってマックスがでた。

「もしもし、そう、僕だ……」

エレーヌは母の声が分かった。マックスが言った。

「あの人は戻ってきてまた出かけたよ……いや」

彼は躊躇《ためら》いながら言った。

「娘ももうここにいない。僕も出かけるよ。雨になるし、出発は明日だね」

彼は受話器を戻し暗い表情で黙って立ちつくした。エレーヌはにっこりしながら彼を見た。

「嘘をついたの？　マックス」

「ああ！　静かにしていたいよ、今は！」

大きく重たい雨粒が窓ガラスを鳴らし始めた。薄暗くなってエレーヌはぞくっとした。

「なんて寒いの、急に、六月なのに……きっと霰《あられ》が降るわ……」

「雨戸を閉めよう」彼は言った。

雨戸を閉め、カーテンを引き、暗がりにランプを灯すと小部屋は落ち着いて感じが良くなった。

「お出で。お菓子でも……」

二人はお湯を沸かした。エレーヌは食器を並べ、カーネーションを活けたピンクの花瓶に近づいた。

「マックス、駄目じゃない、花屋の針金もとってないのね。錆が着いちゃうわよ、お花に……」

彼女はマックスの顔を掠める嬉しそうな表情をからかうように楽しみながら茎を切り、水を取り替えた。

「ここには女が必要ね」彼女は悪気なく言った。

人のいない通りに雨が流れていた。隣の部屋の鎧戸は開けたままで、風が吹くと舗道に水しぶきがさっと上がって光るのが見えた。

マックスが扉を閉めに行った。それで全く静かになった。彼は歩み寄って坐った。

「待って。動かなくていい。僕に手伝わせて。僕がやるよ。紅茶がいい?……昼食のお菓子が残ってる。君のだよ。どうぞ食べて」

慎ましく、まじまじと、彼は食べている彼女を眺めた。唇の間の輝く白い歯を愛しげにじっと見詰めた。深い静寂の中で一種穏やかな無言の歓びが二人を結びつけた。遂に、震えながら彼が言った。二度聞かなければ分からないほど小さな声で。

「どんなに君が好きか……」

〝どうとう〟彼女は思った。彼と同じくらい自分を嘲りながら。

〝さあ、待ちに待った瞬間が……〟

どうやってここまで来たか?……彼女はフィンランドの丘を思い出した。頂上からほんのちょっと押してやると橇は滑り出して空間を飛んだ。彼女は一押ししたのだ。船の上で初めて彼に微笑み、憎しみを隠して語り合った時に。それからはいつも一緒にいることが素早く軽やかに効き目を表した。血の異なる一人の男と一人の女が側にいると生まれるあの得体の知れぬ陶酔に……

彼女はそっと彼の頬に手を当てた。彼に漠然と親しみのこもった憐れみを感じた。自分がとても強くとても落ち着いていると思った。自分の力を確信していた。だが直ぐに彼女は指を引っこめ、眉をしかめてぴしゃりと言った。

「放っといて……」

「エレーヌ」彼がいきなり言った。声が掠れていた。彼が慄き、服従と恐れの表情を浮かべて自分を見上げるのを楽しみに。

「僕は君を愛している。君と結婚したい。愛しているんだ、エレーヌ……」

「何ですって?」

彼女は唖然とし、彼をぎょっとさせた一種の憎しみ、恨みをこめて叫んだ。

「とんでもない」彼女は呟いた。「とんでもないわ……」

「なんでだ?」

彼は怒りで目を光らせて言った。すると彼女の前にもう一度大嫌いだったマックス、子ども時代の仇敵《きゅうてき》が姿を現した。彼女は肩をすくめて言いかけた。

〝あなたを愛していないからよ〟

そして直ぐに思った。

〝ああ、だめ……それを言ったらこの男は絶対私を許さない。それではお終い、ゲームが終わっちゃう……この男と結婚?……ああ! 駄目よ、そんな馬鹿な。復讐欲も自分の幸福をまるごと危険に曝すほど強くはないわ。……私、この男を愛していない……〟

彼女は黙って首を振るだけにした。彼は分かったと思って唇まで真青になった。彼女を自分の腕の中に捉まえた。

「エレーヌ、許してくれ。許してくれ。僕は分かってなかった……僕は君を愛してる。君はまだとっても若いんだ。僕を愛すさ……愛さないはずがない」

彼は痛切な悲しみをこめて彼女が委ねた頬とそして唇にキスしながら言った。

外では雨音が穏やかになっていた。葉から水が滴《したた》り落ちる音楽のように軽快な音が更にはっきり聞こえてきた。マックスは彼女を抱き締めた。彼女はドレスの薄い生地を通して肩にキスし優しく噛む彼の口が震えるのを感じた。

彼女は彼をそっと押し退けた。

「だめ、だめよ……」

彼は彼女の唇にキスしようとしたが、彼女は感じやすく貪《むさぼ》るような顔を両手で挟んで押し退けた。

「放して！　足音が聞こえるわ、ママよ」彼女はあわてふためいて叫んだ。

彼は彼女を放した。彼女は長椅子に倒れこんだ。血の気がひき、力が抜けていた。だが指示を聞きにきた運転手だった。マックスが彼と話しているうちに彼女は部屋の外に身を滑らせて逃げ去った。

5

その晩、彼等はビアリッツに発たず、エレーヌは自分の家に戻って床に着いた。狭いベッドは窓際に押しつけられていた。家族が住む屋敷の一階は彼女の部屋だけが占めていた。街の物音が雨戸を叩き、頭上からは母の足音が聞こえてきた。母は部屋から部屋へ絶え間なく歩いて不眠と涙を紛《まぎ》らしていた。外では田舎から戻った自動車の音が聞こえ、カップルたちはベンチにぐずぐず残ってキスをしていた。エレーヌはランプを点けていた。総裁政府時代＊の刳《く》り型、真紅と薄緑の薔薇、ピンク色のカーテン、壁に嵌めこまれた細長い鏡、彼女はそんな自分の人生の舞台装置を憎々しげに眺めた。世界で何一つ愛していなかった。

＊ Directoire　一七九五〜一七九九、フランスで行われた五人の総裁によるブルジョワジーの寡頭政治。ナポレオンによって打倒される。

〝何一つ、誰一人〟彼女は悲しく思った……

〝今夜はどんなにか幸せなはずなのに……欲しかった全て、私はそれを手に入れた……私が望みさえすれば……〟

彼女は頭を振って笑った。

〝ああ！　エレーヌ〟子どもの頃からしていたように自分自身の心に語りかけた。

〝自分が一番強くてあいつらが哀れな獲物だって、あなたはよく分かってる……一体マックスに恋をさせるのがそんなに難しかった？……私は十八、あの女は四十五よ。こんなこと、どんな小娘だってできたはずよ……あなたが威張るなんて滑稽だわ！……必要なのはあなた自身に打ち勝つこと！あなた、なんの権利があってあいつらを軽蔑の目で見られるの？　あなたがあいつらより強くも、いい人間でもないんなら……私は嫌らしい血と戦いながら生きてきた。でも、それは私の中にある。私の中に流れているのよ〟

彼女は血管が見える細く浅黒い腕を空中に掲げながら思った。

〝もし自分に打ち勝つことを知らずにいたら、この呪われた悪血が一番強くなってしまう……〟

彼女はマックスの家の暗がりにあった鏡を思い出した。キスさせている自分の顔がそこに映っていた。ぞっとするような好色で勝ち誇った顔、それは稲妻のように若い母の顔を思い出させた……

〝あんな悪魔に勝たせておくもんですか〟彼女は笑いながら声を上げて言った。

〝たぶん、やめるのは簡単だわ、望んだものを殆ど手にした今なら。私は偽善者じゃない、いい子ぶらないわ。私はいい人間じゃないし、そうなりたくもない……いい人間だってことはなんか柔弱で、つまんなくて、息が詰まる……そうじゃなくて、私は自分よりも強くありたい、自分自身に勝ちたい……あいつらは自分たちの泥濘《ぬかるみ》、自分たちの恥辱の中にいればいいのよ、そして私は……〟

彼女は突然悲痛な後悔に襲われて呟いた。

〝ああ！　私はこんなに不完全で、執念深くて、自分勝手で、思い上がってる……心に謙虚さも優しさもない、だけど、もっとましな人間になりたいって熱烈に願ってるわ……私、誓う。今日からあの男とは二人きりで会わない。あの男を避ける。以前二人きりで会おうとしたのと同じくらい頑張ってあの男を避けてやるわ。退屈になるけどね〟

彼女はくすりとしながら思った。

〝いいわ。そうしよう、そうしよう……傲慢の悪魔、復讐の悪魔、誰が一番強いかようく見るがいいわ！……でも私、幸せなあの女を見る勇気があるかしら？　そう、あるわ。ないわけでも？　今日から先、私、もうあの女を憎まない。私、あの女を許した……〟

彼女は掛け布団を投げ出し、襟首の下で腕を組み、真っ直ぐ身を強張らせて横になった。

〝そう、おかしな話ね。でも私、人生で初めて心が震えたり石みたいに重くならずにあの女のことを思える……ちょっと可哀想とさえ……〟

彼女は母の血の気の失せた顔色、化粧の上の涙の痕、やつれきった顔つきを思い浮かべた。私、小さなエレーヌを……あの女は何と言ったかしら。

「この娘はほんとにぶきっちょで人見知りだわ……なんてあなたは不器用なの、哀れなエレーヌ」

暗がりで彼女の目が光った。

〝それほど不器用じゃないわよ〟

彼女は歯を噛み締めながら呟いた。だがどきどき高鳴る胸を懸命に静めた。

〝飢えた狼になること、それは難しくない、でも、私にはふさわしくない……私、マックスにあなたを愛してない、ただの遊びだったたって言おう。あの男はあの女のもとに戻るでしょ。ただ私を苦しめようとして……もし私がはっきりそう言えたら、明日からすべてが正常に戻る……父は何も見ないか見たがらないからことの成り行きに任せるだけでいい……ほんとに、あのひりひりした極悪の楽しみには苦い毒がしみこんでいたわ……なんて奇妙な晩かしら〟

彼女はランプを消して雨戸の隙間から流れこむ銀の光を眺めながら思った。

〝なんてきれいな月の光〟

彼女は起き上がって裸足で窓まで歩き、雨戸を開けて広いがらんとした通りを眺めた。ブーローニュの森から風が吹き寄せた。今はうっすらと青い澄み切った夜になっていた。彼女は窓辺に腰掛けてそっと歌を口ずさんだ。心がこんなに軽かったことは決してなかった。一種喜ばしい情熱が血をかき立てた。

〝あの男の幸福をこの手に握っている。締めつけるのも解《ほど》くのも思いのまま。つまりそれを知ってることが一番いい復讐じゃあない？　これ以上何があるの？　私、あの男を愛していない。もし愛し

ていたら……〃
彼女は従順な飢えた顔を改めて思い浮かべながら正面にじっと目を据えた。
〃私は誰も愛していない。おかげで私、一人で自由だわ〃
彼女は突然思った。
〃できるなら、私、今晩にでも出て行くと思う……結局、私のたった一つの欲望はそれ……この世のどんな片隅でもいい。母も家も一切目に入らず、〃お金〃っていう言葉も〃恋〃っていう言葉も聞こえない所へ行くの。でも、父がいる……だけど、あの人、私を必要としていないわ〃彼女は苦く思った。
〃誰も私を必要としていない……マックスは恋してるけど、私に必要なのはそれじゃあない。私は確かで穏やかな愛情が欲しいの……でも、私、もう子どもじゃない。一番優しいつながりを恐々棄てる年よ。そう、だけど私、私にはそれがあんなに欠けてた……子どもである時期に子どもでなかったら決して人並みに大人にはなれないようね。片方はしなびてもう片方は青い。あんまり早く寒さや風に曝《さら》された果物みたいに……〃
憂鬱だった最近の歳月を越えて、彼女は自分がかつてなく逞しく強情な子どもの側にいると思った。黙って涙を呑みこみ、泣き言を言わずに辛さに耐えようと拳を握り締めて力をかき集めた子どもの。
〃美しく厳しい人生ね！〃彼女は声を上げて言った。
彼女はベッドに身を横たえに戻った。だが雨戸は開けたままだった。夜が白み春の朝が木の葉の上に輝いた。やっと、彼女は眠りについた。

6

八日の間、彼女はマックスを避けるのに成功した。だが彼等の生活はベラのわがままとばらばらな暮らしぶりのせいであまりにも混乱していた。もう彼女は彼に会いたくなった。夜、とりわけ長ったらしい夜、九時か十時にカロル氏が戻って食卓に着くのをまだ待っていると、エレーヌはひどく悲しくなり心ならずも後悔に駆られてマックスを思った。椅子の上で跪《ひざまず》き、なんの気なしに飾りの金の爪が剥がれたぐらぐらするルイ十五世風の木のデスクをスケッチしたりした。頭上でせかせかした料理長の足音が聞こえた。それは彼女の心にあまりに多くの思い出を呼び覚ました……

或る夜、電話を片手に持ったカロル夫人が彼女のドレスの丈をつめていた小間使いを引き連れてエレーヌがいた部屋を風のように横切った。留め針を口いっぱい含んでいた小間使いが電話線につまづいた。その後ろを蓋《ふた》を開けた宝石箱を持って二番目の使用人が歩いた。

エレーヌは母がマックスの電話番号を呼ぶのを聞いた。ベラは話しながらダイヤのイアリングを締めた。それが手元を離れて床に転がった。彼女はロシア語をしゃべっていたが、多分エレーヌが隣の部屋にいることを思い出して時々中断した。それからそれを忘れてまた哀願し始めた。

「来て、来て頂戴……あなた、私と外出するって約束してくれてたじゃない、今夜……あの人はいないわ、私一人ぼっちよ、マックス……私を憐れんで……」

受話器を置くと彼女は一瞬立ちすくみ、思わず両手を捻《ねじ》り上げた。おしまいだわ……もう彼は私を愛していない……熱に浮かされたように彼女は彼を自分から奪いそうな女たちの顔を記憶の中で捜した……彼は私に飽きてしまった……

〝以前だって私たちけんかしたわ。でも彼、いつだってもっと従順にもっと優しくなって戻ってきた。以前……ほんの一年前よ……でも今は……ああ！　他の女が彼を捕まえたんだわ、私、そんな気がする〟

彼女は絶望して思った。

〝彼がいなくなったら私、どうなってしまうの？〟

彼女は彼に細やかに気を配り、忠実だった。そして激しい恨みをこめてそれを思った。

〝おしまいよ……実際私、そう見せたくなくて強がってるけど、もう青春も恋も終わってしまったことはよく分かっているの……だからって情事にお金を払ったりジゴロ、若造を養うなんて。自分の息子にだってなれて背中の後ろで嗤《わら》う連中よ〟

彼女は美青年をペキニーズのように思いのまま引き回す友人の誰かれを目に浮かべながら考えた。

〝それじゃ、諦める……一人の老婆として……ああ！　だめ、だめ、そんなのいやだわ、絶対に！……私、恋を諦められない、そんなの無理よ〟

彼女はそう呟いて真珠の首飾りを伝う涙を無意識に拭《ぬぐ》った。

〝あの人は聖物箱みたいに私を飾り立ててくれたわ〟

扉を開けて隣室に入った夫の足音を聞きながら彼女は思った。

〝でも、私に必要なのはそんなんじゃないの。私、うんざり、死ぬほどうんざりしてる……男がいなかったら、若くてきれいな恋人がいなかったら生きてたって何がいいの？……恋がなくたって満足なんて言う女は馬鹿か無知か猫っかぶりよ……私には恋が必要だわ〟

鏡の中の引き攣った自分の顔を憎々しげに眺めながら彼女は熱く言った。そして改めて思った。

〝私が自分を哀れまず、甘やかさず、どんなによく見ているか人が知ったら！〟

ディナーが始まった。窓のない広間が食堂に改装されていた。厳《おごそ》かな冷気と青みがかった薄暗がりが辺りを支配していた。まがいの大理石の刳り型に埃がたまっていた。

化粧漆喰が周囲を蔽い、絨毯はタイルまがいの青と白の格子模様だった。大理石の水瓶《みずがめ》に造花が活けてあり軽くつんとくる埃の臭いを放っていた。ほら貝の中の石膏の果物は電気で内側から照らされていた。刺繍の卓上マットを敷いた大理石のテーブルが指に冷たかった。カロル氏はやけにせかせかと食事をした。食物を見ずろくすっぽ味わいもせず呑みこんだ。同時に人が押しつける沢山の錠剤も。それできれいな空気も休息もなしで済ますつもりだった。エレーヌは密かな憐れみをこめてじっと彼を眺めた。彼は以前より洗練され美しくなっていた。

天性の炎、一種悲痛な熱が最高に美しい最後の火を放っていた。苦しげな血色の悪い顔の中で、白い部分が黄ばんだ悲しく刺すような目が殆ど耐え難い輝きを放っていた。彼は細い指をしきりに鳴らした。

「もっと早く、もっと早く出せ……」

「今晩また出かけるの？」ベラが溜息まじりに言った。

「仕事の約束があってな……だが、君も出かけるんだろ」

彼は彼女を見詰めながら言った。

彼女は首を振った。

「いいえ」

だが直ぐに甲高い声で嘆き始めた。

「私はいっつも一人よ。こんな暮らし、馬鹿みたい。私みたいに不幸な女はいやしない。私、いっつも犠牲になってきたじゃないの」

彼は答えず殆ど聞いてもいなかった。二十年の結婚生活で妻の泣き言には倦んじ果てていた。

だがエレーヌはこの夜、痛ましい存在として母を見る気になっていた。正面に坐っているこの初老のけんか腰の女は彼女にまるで目もくれなかった。若い顔がそこにあることが辛そうだった。きれいな手、ブレスレットをはめたむき出しの腕を悲しげにナプキンの上に置いていた。塗りたくった顔はぼってりとし化粧した白粉とクリームでべとついていた。だが肉は内側からそげ、すべすべした薄いピンク色の表面はゆっくり崩れ、年が与えた惨害があらわになっていた。だがスタイルはまだ見事で引き締まってつんと張った胸をしていた。

エレーヌは父の方を向いた。

「パパ、パパ、家に残って。自分を見て……凄く疲れてるみたい……」

彼は肩をすくめた。エレーヌが言い張りベラが泣き言を繰り返すので彼は癇癪玉を破裂させた。

「うるさいぞ！　この女どもは！」

エレーヌは口を噤んだ。涙が目に溢れた。父がこんなふうに自分を撥ねつけ、ことに母と自分を一緒くたにしたことに傷ついていた。

〝なんで私が愛しているのが分からないの？〟彼女は悲しく思った。

だが彼は今晩にも一財産投じかねない賭博台以外何も眼中になかった。

〝駄目だわ〟エレーヌは思った。

〝マックスを棄てるのはそんなに簡単じゃあない。ゲームをやめるのも〟

その翌日、唐突に彼等はビアリッツに発った。エレーヌにはパリに残る何の言い訳もなかった。だいたい彼女は未だに下した命令に逆らえない小娘扱いされていた。そしてマックスが彼等と一緒に来た。

朝方、ブロアでまだベラが眠っている間に彼はエレーヌを呼び出した。ピンク色の陽が射す小道で屋外の陳列台に乗った初物のさくらんぼを彼女に買ってくれた。冷たい果実は銀色の露を被り凍ったリキュールの玉のようにうっとりさせた。彼は欲望と愛しさをこめて彼女を見詰めた。

「エレーヌ、君はなんてするっと逃げて捕まらないんだ。どれだけ君が好きか、どれだけ好きなことか……僕は絶対、君ほど他の女を愛したことがない……君はきれいだ、僕は君に夢中なんだ……」

全ての言葉、全ての陳腐な言葉が彼女には未だ新鮮で思わず心を刺し貫いた……

〝私、勇気がない〟彼女は思った。

〝悪魔に打ち勝つ……情欲の悪魔じゃないわ。それが何よ？　だけど媚びる悪魔、残酷な悪魔、初めて男の恋を弄《もてあそ》ぶ悪魔には……〟

〝私、勝つ勇気がなさそう〟彼女は繰り返した。超人的な力を振り絞り、目を伏せ、父親譲りの悲しいユーモアをこめて思った。

〝天国の役を勝ち取ったんですもの……〟

彼女は平静な声で答えた。

「マックス、やめて。私、あなたを愛していない。私、遊んだのよ、恋を」

言いながら彼女は思った。

〝偽善ね、この男をもっと燃え上がらせるだけだわ……〟

彼は蒼白になって彼女にきつい眼差しを投げつけた。そして突然、彼女は彼を失うことが怖くなった……結局、こんなことが凄く面白かった。

〝なんで？〟彼女は思った。

〝ずっと憎んできたあの女を苦しめないため？……でも私、そんなこと望んでない！……私、楽しんでるの！〟

誇らしさと喜びの熱い波が心に溢れるのを感じながら彼女は優しく彼の手を取った。

「あらあら、なんて怖い目……私、冗談を言ったのよ……」

二人の手が触れ合うと彼はびくっとした。そして一種恐ろしそうに子どもの顔に浮かんでいる女の表情を見詰めた。どれだけ彼女が好きだったか……まだぎくしゃくしてぎこちない動作、ほっそりした肩に漂う解けた髪、きゃしゃな首、無傷な瞼、子どもの尊大さと無邪気さのまま輝く目、長い足、指の力、自分の抱擁をかわす気まぐれで容赦ないやり口、澄んだ息遣い……その一つ一つを彼は愛した。二人きりだった。彼は彼女の方に身を屈めてキスしそっと言った。

「僕にもキスを……」

彼女は彼の頬にさっと自分の唇を当てた。彼は一種あやしい感動を感じた。彼女は少女のキスをしたが、黙って目を閉じて自分のキスを受け入れるやり口は一人の女だった……

エレーヌはその時思った。

〝私、何をやってるのかしら？……〟

だがゲームをやめるには確かに遅すぎた……

パリに戻って初めて、エレーヌはどこまでマックスが自分に力を持っているか理解した。彼は以前ベラに対してそうだったのと同じくらい、彼女にも横暴で嫉妬深く残酷になった。男はあらゆる他のことと同様愛することを学ぶ。そして身に着けたやり方はもう変わらない……違う女たちに思わずそのやり方を使ってしまう……

彼は繰り返した。

「結婚してくれ……自分の家で君は不幸だ……」

彼女は拒否した。すると彼は怒りの衝動に駆られ、真青になって身を震わせ、罵《ののし》った。確かに彼女が自分を弄んでいると思ったが、今やそれでも心は抑えられなかった。彼は暗い狂気に似た満たされない恋の局面に入りこんでいた。エレーヌは唖然としてその錯乱を眺めた。自分が巻き起こし彼を苛《さいな》んでいる錯乱が彼女には理解できなかった。初めて無意識に彼女の口からこの言葉が洩れた。

「もし、母が知ったら……」

彼は笑い弾けた。

「言えよ、さあ、言っちまえ、その後、君の人生がどれだけ素敵になるか分かるぜ……絶対に彼女は君を許さない……君はまだほんの子ども、小娘でしかないんだ……彼女は君に高い代償を払わせるぞ、さあ……」

それでも彼はベラとの暮らしを続けた。多くの理由から……エレーヌへの恨みをベラにぶつけて辛く当たった。エレーヌが恐れ全身で激しく反発して満足させるのを拒んだキスや愛撫への荒々しい欲望をベラで紛らした。そして絶望的に繰り返した。

「君のせいだ、君のせいだぞ……僕は君にきちんとした正常な生活をさせてやる、君は拒否するが……」

夜になると彼はベラを自分の家に来させた。エレーヌを家で一人にさせて自由に電話できるように。真夜中ごろベラは蒼ざめ疲れ果てて戻った。ところが翌日彼に呼び出されると引き返し、エレーヌは誰もいないアパルトマンで電話が鳴り響くのをじりじりしながら待った。

俯《うつむ》き、眼をこらし、震える手を頬に当てて彼女は待った。逃げ出す力も誘惑から身をふりほどく力もなかった……

電話が鳴った。受話器をとるとマックスの声が聞こえた。

「いつ来るんだ？　僕を愛してないんなら一体なんでキスを許した？　僕は君の望みどおりにする。とにかく来い。手を出したりしない……頼むから来てくれ」

彼女は答えた。

「駄目……駄目……駄目」

彼女は自分の心が凍りつくのを感じた。父、母、使用人、自分の声の反響を恐れて扉の方に振り向いた。その間、彼は一つ一つ言葉を噛み締めるような優しく激しい声で絶望的に繰り返した。

「愛《いと》しい、愛しい、愛しいエレーヌ、来るんだ、来るんだ、僕を憐れんで……」

だが彼は急に黙って電話を切った。彼女は会話を断ち切った短い呼び鈴の音を聞いた。怒りと苦しみを感じながら彼女は思った。

〝あの女が着いたんだわ。戸口で呼び鈴を鳴らしたのよ。あの男が開けに行って……でも私、嫉妬なんかしない！　嫉妬するのはあっちよ！　私、勝たなきゃ……でも私がこれを望んだんだわ……私のせいね……あなたがこれを望んだのよ、ジョルジュ・ダンダン*〟

＊ George Dandin　モリエールの戯曲「ジョルジュ・ダンダン　あるいはやりこめられた夫」の主人公。

悲しむ自分を恥じて笑おうとしながらも彼女は涙を流して繰り返した。

〝私、何をやってしまったの？　ああ、自分に打ち勝って、許して、忘れて、神一人に復讐を委ねる勇気をどこで手に入れたら……〟

そして彼女が横になって子どもの頃から持ち続けている静かで幸せな眠り、いつも決まって消え去った楽しく汚れない思い出に連れ戻してくれる眠りに就き始めると電話が鳴り、彼女をベッドから引きずり出した。そしてまた優しくも意地悪い声が呼びかけた。

「エレーヌ、エレーヌ、君の声が聞きたくて……君の声を聞かないと眠れないんだ……一言言ってくれ、たった一つ約束してくれ。守らなくていいから。いつか僕を愛すと……」

突然、彼は闇雲な怒りに駆られて怒鳴った。

「気をつけろ、俺はお前を苦しめてやる。俺はお前を殺してやりたい！」

彼女は肩をすくめた。

「あなた、子どもね……」

「それならほっときゃいいじゃないか」彼は絶望的に叫んだ。

「なんでいつも俺の周りをうろついた？　お前なんか馬鹿な小娘だ。うそつきのあばずれだ！　俺はお前を愛してない、笑ってやる、俺は……いや違う、エレーヌ、行かんでくれ、許してくれ、お願いだ、一度でいいから来てくれ……唇にあんなに新鮮ですべすべしたお前の頬を感じると、俺は狂ってしまうんだ。愛しい、愛しい、愛しいエレーヌ……」

窓の外で表門が開くのが聞こえた。彼女は囁いた。

「止めて……止めて……もう話していられない……」

一種の恥ずかしさから彼女は〝母がそこにいるから〟と言えなかった。

だが彼は苦もなく察した。ほんの一瞬なりと一番強く恐れられる存在になったことに満足して彼は答えた。

「いいじゃないか！　お前が明日会うってはっきり約束してくれなかったら俺は一晩中電話してやる、お前の母親が聞きつけるまでな！　俺にそこまでやらせるな、エレーヌ、お前は俺を知らない！　俺はお前以外の女たちを屈服させてきたんだ！」

「その人たちはあなたを愛していたわ」

「いいだろう……一晩中電話してやる。分かるな？……お前の母は全てを知る、それに親父もだ、エレーヌ、どうだ？……彼は全てを知るぞ、ようく分かるな？　全てだぞ、過去も現在も……ああ！おぞましい。俺だってよく分かってる。だがお前のせいだ、お前が俺をこんなふうにさせたんだ！聞け、約束だけしろ！　たった一度だけだ！　お前を愛している！　俺を憐れんでくれ！」

エレーヌは階上の母の足音を聞いた。カロル氏が眠る部屋の扉が開く音が聞こえた。彼女は呟いた。

「約束するわ」

7

或る雨の日、二人は車でブーローニュの森に行った。目当てはなかったが、少なくとも誰にも会わないひっそりした湿った小道に逃げこむのが嬉しかった。秋だった。十月の初めで冷たい雨がどっと降りだして窓ガラスを打つ音が聞こえた。運転手は時々車を停め、肩をすくめてマックスを見た。マックスはじりじりしながら窓ガラスを叩いた。

「もっと遠くに行け。どこでもいいから」

車はまた走り出し、時々小さな乗馬道のぬかるみに沈みこんだ。しばらくすると、彼等はセーヌを越えて田舎に来ていた。窓ガラスを下ろすとつんとくる新鮮な匂いが流れこんだ。エレーヌは混乱した悪夢の中にいるように自分の隣に坐っている男を眺めた。彼は泣きながら涙を拭おうともせず彼女に語りかけた。彼女は憐れみと軽い嫌悪を感じた。

「エレーヌ、分かってくれなきゃ……僕はこんな暮らしは続けられない。僕らは彼女の話しを全然しなかったな」彼は愛人の名を挙げずに言った。

「ひどいよ、僕のやってることは……そうだ、率直に話してきっぱり終わらせた方がいいんだ……君は……君はずっと前から僕等の関係を知っていたな?」

「まあ！　何を」彼女は肩をすくめて言った。

「じゃあなた、私が子どもだった頃、目の見えないうすら馬鹿でない限り察しがつくって思わなかったの?」

「子どものことなんか考えるか！」

彼は大声を上げた。彼の顔に一瞬かつての見下すようなうんざりした表情が現れ、彼女は心の中で古い憎しみが動くのを感じた。

彼女は呟いた。

「あなたが子どものことを全然考えないのは、私、ようく知ってるわよ……」

「だけど、そんなこと関係あるか?　今は君の話しだ、愛する女と、愛した、真剣に愛した女の……もうこんなふうに彼女を欺《あざむ》き続けられない……ここ何ヶ月、僕は一種暗い悪夢の中で生きてたんだ……目が覚めたような気がするよ。どこまで自分が愚かでひどかったか分かってる……と言うより、よく分かっていたけどこうするしかなかった。僕はあまりにも君を愛していた。狂ってたんだ」

彼は低くこもった声で言った。

「でも、もう無理だ。自分が怖い……」

「あなた、私の父を長い間欺いてきたじゃないの。後悔もせずに」

彼女は恨みをこめて言った。

彼は呟いた。

「君の父親だって？　彼が考えてることを君は分かっているか？　一体彼の考えが分かった人間がこれまでいたか？　君が彼を知ってるつもりなら、そいつぁ間違いだ。僕にしたって、彼が知ってることも知らないことも分からん……エレーヌ、よかったら……」

「まあ、何？」

彼女は火照《ほて》った自分の頬に貼りつく彼の手を剥がしながら言った。

「僕と結婚しろ、エレーヌ。君は幸せになる」

彼女はゆっくり頭を振った。

「なんでだ？」

彼は必死に言った。

「私、あなたを愛していないわ。あなたは私の子ども時代を通した敵よ。説明はできないけど。あなた、さっき言ったわね。〝子どもには関係ない〟って。でも、あるのよ。それだけが問題なの。私は絶対に別の人間にはならない。十四の時の私の思い……もっと前……そのずっと前の思いだって、私のものだし永久に私のものなのよ。私、絶対に忘れられない。あなたと一緒に幸せに生きるなんて絶対に無理だわ。私は私の母も家庭もまるっきり知らない人の側で生きたいの。私の言葉や国さえ知らない、どこでもいいからとても遠いところに連れ出してくれる人。あなたと一緒じゃ私は不幸だわ。たとえあなたを愛してもね。だけど私、あなたを愛していないわ」

彼は怒りで拳を握り締めた。

「君は俺にキスを許した……」

「だからってそれが愛とどんな関係があるの？」

うんざりした声で彼女は言った。

「それじゃあ僕は出て行きたい。妹はロンドンにいる。一緒に暮らしたいって手紙が来たんだ。僕は出て行きたい」

彼は呻くように繰り返した。

「結構ね、出てお行きなさい、マックスさん」

「エレーヌ、もし僕が発ったらもう一生会うことはないぞ。多分、いつか君だって一人の友達が必要になるだろ。考えてみろ。君には世界中で父親しかいないじゃないか。年とって病気の……」

彼女はぎくっとした。

「パパが？　あなた、何を言ってるの？」

「さあ、それだ」彼は肩をすくめながら言った。

「彼を見ていないのか？　彼はお終いだ。燃え尽きたんだ。じゃ君はどうする？　母親と君、君らは永久に敵同士だな」

「永久にね」鸚鵡《おうむ》返しで彼女は言った「でも、私、誰もいらない」

彼は絶望的に繰り返した。

「僕は十年まともな感情を味わわなかった気がする。自分が恥ずかしい……僕の君への愛は苦くて濁ってる。怨みと悪意でいっぱいだ。だがそれでも、僕は君を愛しているんだ」

彼女は腕を差し上げ、ガス灯から落ちる青白い光線の中で腕時計の時間を調べた。

「もうじき八時ね。戻りましょ」

「いやだ、いやだ、エレーヌ！」

彼は彼女の服を掴んで激情をこめて首と腕のひ弱で柔らかい肉に口づけした。

「エレーヌ、エレーヌ、君を愛してる。君しか愛したことがないんだ。僕を憐れんでくれ。頼む、僕を追い払わんでくれ……だけど、結局、そこまで僕が嫌いなら無理か！　僕は絶対君を苦しめちゃいないぞ、僕は！　出て行くよ、永久に。それも君にはどうでもいいことか？」

「いいえ」彼女は冷酷に言った。

「私、満足だわ。少なくともあなたが出て行けば家はまたちゃんとまともになるわ。あの女は年をとったしね。こうなったら自分の夫と子どもに満足するしかないわね。もしかしたらいつか私も世間並みの母親を持つかも知れないわ。あなたは私を不幸にしたのよ」

彼は答えなかった。車の暗がりの中で彼女は彼が顔を背け震える手を目に当てるのを見た。彼女は窓ガラスに身をかがめて運転手にパリに戻ると告げた。

二人は一言もなく別れた。翌日、彼はロンドンに発った。

8

この時期、歳月はあっという間に流れた。人生は岸辺に氾濫する大河のように速く、濁り、たぎりたっていた。後になってエレーヌはマックスの出奔以降流れた二年を思い出すと必ず重苦しい激流をイメージした。この二年の間に彼女は成熟し、年をとっていた。だが仕草は相変わらずそっけなくてぎこちなく、顔色は蒼ざめ、腕は細くて華奢なままだった。輝き、着飾り、お化粧した他の娘たちの中では目立たなかった。実際彼女は物静かで時たま冷たく、激しく、皮肉に浮かれ騒ぐ時以外は内にこもったままだった。だが青年たちは彼女の無口も、口紅を塗らない唇も、つれないキスの受け入れ方も許した。彼女はダンスがうまかったから。この時代、ダンスは最大の知性や最高の美徳と匹敵する貴重な美点だった……

マックスが出奔してから結婚を知らせる手短で冷淡な手紙が届くまで、ベラは眠っているようなとろんとして意気消沈した表情を保っていた。それから他の老婦人たちのように金を払って恋人を作り直した……この時代、生きるのは容易《たやす》く大金が回っていた。株式市場が未曾有の高みに向かって絶えず上っていく幸せな時代でこの世の〃大立者〃がこぞってパリを訪れ、世界中のあらゆる言葉が響き渡った。五十女たちがヒップを締めつけ逞しい足の腿まで見せる〃道楽息子〃と呼ばれるドレスを着ていた。ショートヘアが初めて流行り、ざっくり短く刈りこんで首にスカーフを巻き真珠で縛っていた。ドーヴィルのトイレではイギリスの女たちが葉巻の色、黄色い煙草の色、スパイス入りのライ麦パンの色をした美青年たちの手に枯葉のようにきしる分厚い英国札の束を滑りこませていた。

ボリス・カロルにとって賭け事は最早神経を揺さぶるに足りなかった。彼にはシャンパン、女たち、夜食、流行《はやり》の車でのドライブ、両手に溢れる捨て金、この世のあらゆる寄生虫ども、こびへつらう取り巻き連中が必要だった。自分が未だ知らず、青春時代に味わえなかった全てに彼は今、不安に追い立てられてかじりついていた。日に日に弱っていく自分のがつがつした手から命が逃げ去るのを感じているように。

明け方のある時間、老けた顔に白粉が流れ、踊り手たちが最後の紙テープを踏みつぶす時、エレーヌは父、母、周囲の狂った大勢の人間どもを眺めると、ともあれ家庭、家族らしきものがあった過去の時代を惜しまずにいられなかった。彼女は絶望しながらも明晰に父を見つめた。正装の胸飾りが皺だらけの黄ばんで蒼ざめた顔を一段と目立たせていた。髭を染めていたが染め粉がシャンパンで溶けていた。引き攣って疲れた仏頂面をして引き締めた口元が悲しげに垂れ下がっていた。彼の中で燃えていた火が内側から彼を焼き尽くし、もうほんの一吹きで崩れ落ちてしまうもろい骨組みしか残っていないように見えた。彼の指の間で金が流れていた。自分の夢を実現した男の恐るべき姿がそこにあった。彼がこの人生をどれだけ愛したか!……身を屈める料理長の背中、テーブルすれすれを通りながらエレーヌとベラに微笑みかける娼婦の眼差しがどれだけ好きだったか。眼差しはこんな思いを語っていた。〝何だかお分かりでしょ?……これもお仕事ですわ、ね……〟

彼は娼婦、黒人のジャズ奏者、プロのダンサー、妻の恋人に微笑みかけた……ベラの最近の恋人は太って色の浅黒いアルメニア人でぱっちりしたアーモンド型の目、レヴァントの絨毯商人の肉づきのいい尻をしていた。この男の従順さと口のうまさがカロル氏は気に入っていた。エレーヌは自分の幼少期を揺すった人生の伴奏のような言葉に聞き覚えがあった。メロディが逃げ去ってつかめないテーマ曲のように。メキシコ、ブラジル、ペルーの油田や金鉱、プラチナ、エメラルドの鉱山、真珠漁場、電話、安全かみそり、映画、チーズ、染料、紙、錫の巨大ビジネス、百万、百万、百万……

〝私だわ、こんなにしちゃったのは私だわ〟

悲しく、死ぬほどうんざりしてエレーヌは思った……

〝マックスがいたのに……最後までいたはずなのに……私、自分たちの生き方を変えたかった。子どもがか弱い手で急流を止めようとしたみたいね。その結果がこれ。この太ったレヴァント人、この蒼ざめて憔悴した男、この醜い老婆〟

彼女は母を眺めるともう憎しみではなく一種の恐怖を感じた。荒れ果て、痛めつけられ、白粉を塗りたくった顔、細い唇の真っ赤な線。

〝たくさんの皺と涙の痕が私のせいで刻まれたのね〟

憐れみ、激しい恐れ、悔恨をこめてそう思った。それから絶望的に考えた。

〝誰の人生もこんなもの……〟

彼女は自分の周囲を見回した。多くの女たちが若作りしていたが深い皺が刻まれ、傷んで化粧やつれした悲惨な顔をしていた……多くの男たちが自分の妻の恋人に微笑みかけていた。多くの娘たちが彼女のように屈託なく一見幸せそうに歩き回っていた。彼女はドレス、パートナー、ダンスのことを考えた……だが自分の父の腕にそっと触れた。

「パパ、シャンパンはもういいでしょ……体に悪いわ……」

「そんなことはないぞ、何を馬鹿な！」彼はむっとして言った。

或る日、彼は言ったことがある。

「分かるな、これが夜更かしの力になるんだ……」

「なんで夜更かしを？」

「じゃ他に何をやる？」

彼はそう言った。唇にちょっと悲しげな微笑が浮かんで消えた。エレーヌは人目を盗んでカロル氏のグラスにシャンパンを注ぎ続けるアルメニア人を見た。

〝この男なんでこんなまねを？……パパは年とって病気、ワインは体に悪いって分からないとでも言うの……〟

とはいえ女ダンサーの腰つきをしたアルメニア人はペルシャの細密画に描かれた人物のある種貪欲で邪悪な品位を持ち合わせていた。青みがかった直毛、鉤鼻《かぎばな》、きいちごのような大きな唇をしていた
……

〝あり得ないわ〟エレーヌは呆然として思った。

〝あり得ない！　この男、若い頃ピーナッツでも売ってたに違いないわ……でも、パパには危害を加えないはず……確かにあの女はこの男にお金を払ってる。この男はお金がパパから出てるのを充分知ってるわ……逆にパパをなるべく長くもたせた方がこの男には得なのに〟

一度、彼は長い睫《まつげ》に隠れた不実な目を光らせて彼女に言ったことがあった。

「ああ！　エレーヌお嬢さん、私はカロルさんをお慕《した》いしていますよ……あなたは信じないでしょうが……父親のようなものです……」

〝あの女、この男を愛しているのかしら？〟母が恋人の腕の中で踊っていたり、床が輝くホールで二人に出くわすとエレーヌは考えた。

〝あの女は老いて絶望的に自分の老いを憎んでる。あの女、幻影を買っているんだわ……〟

彼女にはベラがいまだに別のもの、唯一自分を満足させてくれる危険の感覚を探し求めていることが分からなかった。マックスは暴力と嫉妬で彼女のそれを紛らわすことができた。だが年をとるにつれ彼女にはもっと強烈な刺激が必要になった。〝この男に殺される……〟そんな思いが。そして恋人が手にしている果物ナイフを官能的な恐怖に震えながら眺めた。

とはいえ、彼は意地の悪い男ではなかった。だが、自分の賭け事への情熱を以前から知っているカロル氏が、破産しても差し押さえられないように、財産を丸ごと妻の名義に振りこんでいることを知っていた。カロル氏に対して悪意はなかったが、東洋の豪奢で華麗な想像に押し流されていた。ベラを愛してはいた。ただし、全部ひっくるめて。彼女への思いには厚化粧の顔と真珠、ダイヤモンドと老いた肉に刻まれた皺が入り混じっていた。彼はカロル氏を殺さないまでも、その病気を見て一押しして運命を先に進めることを自分に禁じなかった。彼は夢見た。カロル氏が死んで未亡人と結婚する。金、自分はそれを賭け事で浪費するようなまねはしない。自分の想像の中で壮大で強力な事業を組み立て、まるで恋の囁きのようにこんな言葉に酔った。〝大企業……持ち株会社……国際金融会社……〟

ああ！　カロル氏の資産を活かしてワインと美女と素晴らしい食事、ふんだんにばらまく金で政治家どもを引きつけて……彼は指の中でマドラーを回しながら鉱山、油田を思い描き、父親の優しい表情でエレーヌに微笑んだ。それは彼女をぞっとさせた。

カロル氏が辛そうに咳きこんだ。このところひどく頻繁にそれに見舞われていた。彼は悲しげに首を振った。哀れな男は明らかに限界だった。一瞬、アルメニア人はカロル氏と組む手を探った。だがそれでは全てが不安定になった。金はカロル氏のものだ。ベラに与えていても彼が取り戻すことはできる。彼はカロル氏の方に身を屈め、優しく微笑んでその手を腕にとった。

「もういっぱいシャンパンを？……よく冷えていて美味しいですよ……」

彼等は明け方に帰った。エレーヌは人形とパーティの小物を腕に抱えていた。ベラは疲れてあくびまじりに不機嫌に言った。

「いっつも同じね……うんざりだわ、こんなお祭り騒ぎ……」

「なんで行くの？」エレーヌが呟いた。

「あんた、私が人生で何をすりゃいいと思う？」ベラがいきなり言った。

「死ぬのを待つの？……あんたが結婚するのを待つの？」

彼女は一瞬生真面目《きまじめ》になって言い添えた。

「ね、この年になると子どもが一人必要になるのよ。愛なしですむ人間がこの世にいると思う？」

9

ビアリッツで、朝、まだ高級ホテルが眠りに就いている時、エレーヌは誰もいない浜辺に駆け出した。ホテルのがらんとした長い回廊には冷えた葉巻の煙の匂いがした。回廊の一端にある大きな開いた窓から海の風、澄んで響き渡る汽笛、海の小さい雫を含んだ塩辛い空気が吹きこんできた。まだ時々真紅の頬紅が消え疲れてふらついている女たち、朝の光の中で顔が蒼ざめて見える正装の男たちを最後に乗せたエレベーターが昇っていった。

秋だった。浜辺に人影はなかった。秋分の波はとても高く、そこを抜けてきた風は湿って虹色に輝き無数の光を放つように見えた。

エレーヌは海に入った。体に滴り落ちる塩辛い水が夜更かしの疲れと人生の汚れを消してくれるような気がした。水中で横になり微笑んで頭上の空を見上げ、感謝をこめて思った。

〝こんな時は不幸でいられないわ。海の匂い、指に触れる砂……空気、風……〟

彼女は遅くなって戻った。海水浴で冷たく湿った体をドレスの下に感じて心地良かった。濡れた髪はさっさと絞っていた。とはいえ彼女はちょっと自分を恥じた。こんなに完全にこんなに無邪気に喜べるほど自分がおめでたいとは思わなかった。

人生は狂ったように目まぐるしく続いていた。見えない目的地に向かって空しく走り続けるように。

その頃ビアリッツとビダールの間に新しいロシアのナイトクラブが開店していた。小体《こてい》な店で、帝国の鷲を金糸で刺繍した真っ赤なサテンを壁に飾っていた。カロル氏はこの店の株主でボトル一本毎に一割引になるのがお慰みだった。

その晩、カロル一家は接待した。彼等を囲んだ客たちはボリス・カルロヴィッチの奢りでたらふく食べ、飲み、愛を囁いた。時折唐突で不気味な咳がひ弱で大切な老いた胸、老いさらばえた体を揺さぶった。それはもう弱り切って眠りと休息を切望しているように見えた。

エレーヌの正面で大公爵が宮廷を開いていた。蜜が蝿を絡め取るようにアメリカ人たちを引きつけ常連に囲まれていた。安っぽい王子たちや正統の王子たち、文無しと強欲の両人種、石油商人、国際金融家、武器製造者、プロのダンサーたち、かつての帝国士官学校の生徒たち、高値か安値の女たち、阿片や少女の売人……誰もが屈託なく満ち足りた表情の下に引き攣って不安そうな顔を隠していた。エレーヌが心の中で仮面を剥《は》がせない者は一人としていなかった。照明は薄く、開いた窓から美しく静かな夜の気配が忍びこんだ。

客たちは外でも踊った。宵闇の中で女たちのドレスと宝石を飾った胸が魚の鱗《うろこ》のように微かに煌いた。スローなダンスになると水槽の底で蠢《うごめ》いているように見えた。

殿下が立ち上がった。酔って感激した黒人のジャズ奏者たちがクラクションとシンバルで神よ皇帝を守りたまえを演奏した。厳《おごそ》かな訪問者は気をつけの姿勢で整列した使用人達の間を通った。後ろにオコジョの毛皮を巻いた女たちが続いた。先の尖ったハイヒールを履いた女たちは眠気と疲れとワインで足がふらついていた。酔ったアメリカの女たちも立ち上がって人垣を作り、お供の一行に宮廷風に膝を折ってお辞儀をした。その間に白粉を塗った従僕が蝋を灯した銀の燭台を掲げて先導し、ロマノフ家の御曹司《おんぞうし》がゆっくりと席を立った。彼はカロル氏のテーブルの前で立ち止まってベラの手に口づけし、指先でカロル氏に親しげな小さな合図を送って通り過ぎた。

「いつからあの人を知ってるの？」エレーヌは尋ねた。

「一万フラン貸して以来だ」カロル氏が笑って言った。彼は子どもの笑いと干からびた繊細な顔中に皺を寄せる嬉しそうな表情を持ち続けていたが、笑いが苦しそうな呻き声で終わった。彼は咳きこんだ。いつもほど苦しそうではなかったが目に極度に不安な表情が浮かんだ。彼はハンカチを取って震えながら唇に当てた。ハンカチは血みどろの泡で濡れていた。彼は恐怖の眼差しをエレーヌに向けた。

「何だろう？……わしは……ちょっと血管が切れたんだ……どうだ？……ほんの細い血管が」彼は呟いた。

彼はぐったりと椅子にへたりこんであたりの照明、女たち、青い銀色の夜をこれが見納めとばかりに見回した。だが黙って最後に支払いを済ませ微笑む力は残っていた。彼は招待客たちに呟いた。

「何でもありませんぞ……気分が悪いだけで……たぶん細い血管が……ほんの細い血管が切れて……大丈夫、もう終わりました……では明日……」

10

ボリス・カロルはまだしばらくの間あちこちの温泉地、それにスイスを回り、瀕死の状態でパリに戻った。最後の瞬間まで彼は愛想良く振る舞おうとして弱音を吐かなかった。一度だけオーヴェルニュの小さな湯治場にいる時、エレーヌの前で言ったことがある。雨がびしょびしょ降って枯葉の向こうからうっとうしい緑の光が射していた。

「終わりだな。もう……」

彼は鏡のついた洋服ダンスの前に立っていた。黒檀のブラシを二本手にして代わる代わるきれいな白髪を梳《と》かしゆっくり撫でつけた。突然、手を止めて鏡に近寄った。公園の明るい緑とさらに病的になり命の極限まで衰弱した蒼ざめて黄ばんだ顔がそこに映っていた。エレーヌは父の隣に腰掛けて悲しく雨音を聞いた。彼は空中に長い指を差し上げて悲しげに微笑みながらトラヴィアータ*の曲を口笛で吹き、そっと歌詞を口ずさんだ。

＊ Traviata　ジョゼッペ・ベルディのオペラ「椿姫」の原題。

〝さらば、麗《うるわ》しのトラヴィアータ……〟

それからエレーヌに振り返って一種厳しく見詰め、頷《うなづ》いて言った。

「そうだ、我が娘よ。この通りだ。お前もわしもどうすることもできん……」

そして部屋から出て行った。

その間に金は入って来たのと同じように四方八方に出て行った。訳も分からず……

カロル氏は未だに賭け事をしていた。血を吐き、エレーヌと医者の目を盗みながら湯治場の侘しい小さなカジノに入り浸った。賭ける度にすった。自分の人生の中でひどくつきのない時期だと思ったが、執念を燃やした。株式市場でも彼は損をした。破産には必ず一枚かんでいた。こう考えて自分を慰めた。

〝幸いにも金は全部ベラの名義にしてある。無一文になってもまだあそこに何百万も残る。だがあれは最後まで守っておかねばならんぞ……〟

或る日、パリで彼はいつもより激しく喀血した。エレーヌ一人が付き添っていた。株の大半を持っている会社の倒産を知らせる手紙を受け取ったところだった。彼は動揺した様子もなくそれを読み、エレーヌにこれだけ言った。

「なんとついてない、なあ？……だが、どうにかなるだろ……」

しばらくすると、ぜいぜいした口からどっと血が溢れ始めた。エレーヌは医者が勧めたとおりにやっとのことでそれを止め、血の気の引いた父がぐったりして休んでいる間に母を捜しに走った。母は浴室でマッサージを受けていた。クリームとハーブと樟脳の匂いが部屋に充満していた。ベラは開いた三面鏡の前に腰掛け、傍らに立った女が顔に上塗りの液体を塗っていた。エレーヌは息を切らしながら叫んだ。

「来て。早く早く。パパがまた血を吐いたの……」

ベラは身を乗り出し、動顚した声で言った。

「まあ！　なんて、なんてこと！……さあ、すぐあの人の側に戻って！　私、動けない……」

「でも、血を吐いたって言ったじゃない、直ぐに来なきゃ！」

「でも、私、動けないって言ったでしょうが……凄くデリケートな作業なのよ、皮膚を持ち上げてるから顔が滅茶苦茶になっちゃうわ……そこで何やってんの？」

母は激高して叫んだ。

「医者を呼ぶのよ。石みたいにじっとしてないでやることをやりなさい。五分で行くから！」

ようやく母が着くと吐血は完全に治まっていた。カロル氏は落ち着いてエレーヌに合図を送った。

「行ってくれ、母さんに話しがある……」

午後の間中、二人は閉じこもったままだった。重苦しい静けさがアパルトマンに満ちていた。エレーヌは人生の恐ろしい悲劇を前にして弱くて惨めな自分を感じ、打ちひしがれて窓から窓へと歩いた。母がやっと涙ながらに部屋から出て来た。彼女は動揺を隠さずエレーヌに言った。

「あの人、私にくれたお金を取り返したがってるの、でも、私、もう何もないのよ……十万フランがやっと……私、あの人に知らせずに砂糖事業に注ぎこんでたの。あの人もそれで残ったお金も失くした奴よ。あの人のせいだわ！　あの人が素晴らしい事業だなんて言うから……どう思う？　運よね……でも気の毒だけど、どのみちあの人あのお金を長くは活かせなかったでしょ……」

〝嘘ばっかり〟エレーヌは思った。

〝この女、恋人のためにお金はとってあるわ〟

ベラは続けた。

「だいたい、私、あなたの父親の言うことが分かんない。もう何にも残ってないなんてあり得ないじゃないの、ねえ……」

「なんであり得ないの？」エレーヌは冷ややかに聞いた。

「だってあの人凄い財産を持ってたのよ……」

「で、あっと言う間になくなっちゃったの、それだけよ……」

「どういうこと?」ベラは肩をすくめてもう一度言った。

「恐ろしいわ……」

彼女はまた泣き始めた。以前の彼女は自分の欲しい物は何もかも強引に、威圧的に、横暴なやり口で手に入れた。だが、やはり年齢が彼女を打ち負かしていた。男たちは最早彼女を愛さず、以前のように彼女に服従しなかった。過去の底から幼い頃の習慣が甦り、彼女は自分を讃美する弱々しい母に甘やかされた泣き虫で、気まぐれで、神経質で、簡単に大泣きし、大げさな嘆き声を上げる大柄な娘に戻った。

「私、不幸過ぎる! 一体私、こんな罰を受けなきゃならない何をやったの?」

ボリス・カロルは彼女の声を聞いていた。彼は部屋に入ってやっとのことで体を引きずった。ベラの髪にそっと手を触れた。

「泣くな……なんとかなる……わしは治る。全てうまくいくさ。ついてない。つきのない時もあるんだ」彼は途切れ途切れの弱々しい声で言った。

ベラが出て行くと彼はエレーヌの方を振り向いた。

「哀れな女だ、あいつに金を託すんじゃなかった」

「あれ、嘘よ、パパ」エレーヌは歯を噛みしめて言った。

だが彼は怒鳴り声を上げて彼女を見た。

「黙れ! 母親のことをどうしてそんなふうに言う?」

エレーヌは答えず悲しく父を見つめた。彼は声を落として言った。

「たとえそれが本当でもな……あいつにも道理はある……わしは全てをなくすかもしれん……わしはチャンスを逸してしまった……」

彼はためらいがちに機械的に繰り返した。

「たとえそれが本当でもな……」

彼は黙った。だがエレーヌには彼がこう思っているのが分かった。

〝たとえそれが本当でも、わしは知らずにいたい……〟

実際、男には生きるために最低限息のできる空気、一定量の酸素と幻影が必要なのだ。彼は未だに自分の妻にかつて自分を魅了した誇り高い娘、サフロノフ家の娘、舞踏会のドレスを着た娘、刺繍の入った化粧着を着て長い髪が芳《かぐわ》しい女性を見ていた。彼の目に、彼女は洗練とゆとりある豪華な暮らしそのものだった。それからもっと若く、もっと美しい女性も知った。それでも彼は自分の妻に同じ憧憬、同じ愛情を抱き続けた。それに、自分の敗北を認めるには彼はあまりにも誇り高かったのかもしれない、家庭生活の中でさえ……どれだけ彼が常に真実をはねつけてきたか！　……エレーヌはペテルブルクで未だ子どもだった自分が教科書に余りにも明白で余りにも率直な言葉をこっそり書きつけた場面を思い出した。父はゆっくり手で目を擦った。

「わしと一緒に来なさい……書類を整理しておきたい……」

彼女は父の書斎に着いて行った。彼は彼女に合図し掠れた小さな声で言った。

「この鍵で金庫を開けてくれ」

金庫には葉巻の箱、古いコニャックのボトル、モンテカルロへの初めての旅の記念のくたびれた財布に入った何枚かの百フラン札が入っていた。彼はそれらを取り出してそっと撫で、手の中で放った。

「黄色い封筒に入った書類を取って読んでくれ、だが小さな声ではっきりとな……」

エレーヌは読んだ。

「ブラジルマッチ会社　一万七千株……」

「破産……」

彼は両手で顔を覆い、低く抑揚のない押し殺した声で答えた。

「ベルギー製鋼所……二万二千株」

「司法処分……」

「サンクタ・バルバラ温泉施設……一万二千株」

「破産……」

「ベルヴューカジノ……五千株」

この時、父は答えもせず疲れた微笑をちらりと浮かべて肩をすくめた。彼女は読み続け、一つの名が挙がるごとに彼は同じように暗い声で答えた。

「当面、打つ手なし……」

エレーヌはゆっくりリストを畳んだ。

「これで全部よ、パパ」

「よし、ありがとう……もう行って寝なさい、遅くなったな……どうした、何が言いたい?……わしが悪いわけじゃあないが、こんなに早く終わっちまうとは夢にも思わなかった。……人生は実にあっという間だ……」

エレーヌは父と別れた。病気になって以来、彼は屋敷の別棟で一人で寝て夜になると決してサロンを横切って来なかった。サロンの窓は医者の命令で空気をきれいにするために夜も昼も開けっ放しにしていた。エレーヌは自分の部屋に戻った。母の部屋に照明がついていた。奥の二つの部屋を隔てる化粧室を横切りながらエレーヌは扉の窓ガラス越しに一瞥をくれた。分厚い紙の束に鋏を入れる聞き慣れない音を聞いていた。半裸のベラがベッドに坐っていた。クリームを顔中に塗り顎をゴムバンドで縛った夜仕度の顔だった。膝の上にきちんと折りたたんだ書類の束を乗せていた。書類の上に〝国民銀行……〟という字が読めた。彼女は配当券を挟みで切りとって封筒に入れていた。

〝恋人へのちょっとしたプレゼントね〟

エレーヌは思った。ガラス窓に顔を貼りつけ息を凝らして食い入るように母を見た。こんなに冷ややかに落ち着いてじっくりと母を見たことはないと思った。まだスタイルは素晴らしく肩も腕も見事だった。丹念に手入れし、マッサージし、体操して保っている〝女王のお姿〟だった。だが、まるで誰かが首の無い体に別の女の頭を貼りつけたようだった。肉づきのいい白い美しい肩の上に醜い老婆の首が乗っかっていた。無理な痩身術を施した首はたるみと皺だらけになり、そこに真珠の首飾りの糸が食いこんでいた。もっとすべすべ若がえるはずが、研究所か実験室でしか成功したことのないありとあらゆる美容術の痕跡が顔に刻まれていた。そしてとりわけ、どんな化粧も隠せなかったのはこの女の魂だった。エレーヌはそれが身勝手で非情で不完全なこと、だがマックスだけに向けられたにせよ、人間的な愛の可能性を持っていることを知っていた。だが老いがそれを化石にし、怪物に変えていた。色を塗って槍のように強張ったまつげの間で大きく見開かれた冷たい目には非情と苛立ちが、しおれた唇には背徳が、化粧の仮面の下で青白く引き攣って動かない顔中に虚偽、裏切り、残酷と策略が読み取れた。

抜き足差し足でエレーヌは母から離れた。

〝パパはあの女を見なきゃ、お金を取り返さなきゃ……〟彼女は思った。

だがサロンに引き返して眠っている父、目を閉じた蒼ざめた顔、疲れ果てた唇の小皺を見ると彼女はもうじき父が解放され、待つ時間はごくわずかなことを覚《さと》った。彼女は屈みこんでその顔に軽くキスをした。彼が呟いた。

「君か？　ベラ」

そして目を開けず、満足そうに軽く溜息をついて眠り続けた。

彼はしばらくして死んだ。それまではずっと静かに眠っていた。ベッドの上に横たわり頭が壁とベッドの間に落ちてももう持ち上げる気力がなかった。頭が見えない重みで床に引っ張られているようだった。長い銀髪が首に垂《た》れかかっていた。六月なのに寒くて湿っぽい日だった。彼は苛立って布団を押し退け、血の気のない冷えた裸足をベッドに乗せていた。エレーヌは両手でその弱々しく冷たい足を取ってかいもなく暖めようとした。彼は手を動かしてエレーヌに机の上に置いてあった財布を示し、開けるように指図《さしず》した。千フラン札が五枚入っていた。彼は呟いた。

「お前のだ……お前一人の……わしの有り金の全てだ……」

そして彼は呻いて窓を見た。看護婦がカーテンを下ろした。

「寝るんでしょ？　パパ」エレーヌが言った。

彼は溜息をついてこもった声で繰り返した。

「寝よう……」

彼は顔に手を当てたが、臨終の時には穏やかで信じやすい子どもの笑みを取り戻した。疲れた目を閉じて体を強張らせ、もうこの世で目覚めることはなかった。

11

カロル氏は雨模様の肌寒い夏の朝、埋葬された。時刻は早く、そんな時間に起きて見送ろうとする者は数えるほどだった。だが花は美しかった。

エレーヌは苦しみで心が石と化し、そこから一滴の涙さえこぼれないと思った。

ベラは化粧をはばかり、黒いベールに隠した顔は蒼白くむくんでいた。自分に似た白粉を塗りたくった醜い老婆たちのキスに濡れた頬を差し出してめそめそ泣きながら繰り返した。

「私、ひとりぼっちよ、もう……ああ！　なんたって亭主の代わりはいないわ……でも私、泣く気にならない。あの人はいっぱい苦しんで、休息を望んでいたもの……」

家に戻る自動車の中でも彼女は絶えず咽び泣いた。だが戻ったとたんに恋人を呼び寄せ、二人して死者の鍵を全部金庫の錠に試し始めた。

〝やるがいい、やるがいいわ〟

エレーヌは冷ややかな復讐の歓びをこめて思った。何週間か前に見た開いた整理戸棚、空っぽの小箱を思い浮かべながら。

〝あいつらの顔、見ものだわ……〟

彼女は周囲を見回し、自分の顔にゆっくり手を当てた。

〝私、ここで何をするの？〟

彼女は声を嗄《か》らして泣き咽《むせ》んだ。だがいつまでも泣いてはいられなかった。のしかかる重みを取り除くように空しく両手を胸に当てたが心は石のように重く、硬かった。

彼女は呟いた。

〝でも私、なんでここに残るの？　ここで何をするの？　可哀想な人が死んじゃった今、何が私を引き止めるの？　私は二十一。故郷を出た時、父は私よりずっと若かった。あの人は十五でちゃんと生きることを知っていた。よくその話を聞かせてくれたわ。私はただの娘、でも勇気はあるわ〟

彼女はきつく拳を握り締めながら思った。

頭上で母の足音と扉を開け閉めする音が聞こえた。多分、二人は父がいた別棟に行って引き出しとポケットをくまなく調べた……

エレーヌは父がくれたお金を取ってバッグに入れた。ベッドの上に投げ出していた帽子と黒いベールを取り直した。手が震えたがこの時一つだけ気がかりがあった。猫のタンタベルをどうやって連れて行こう？　幸いにも彼はまだ小さくて軽かった。彼女は猫をバスケットに入れ、小さな鞄を取って肌着を詰めた。出て行く前に彼女は鏡に近寄り、自分の姿を見て悲しく微笑んだ。喪服を着て、蒼ざめ、華奢で、黒いベールを首に巻き、片手に鞄、もう片方に猫を持った彼女は港に置き去りにされた移民の少女に似ていた。だが同時に自由の風が彼女の胸を膨らませた。彼女はもっと軽く息をして頷いた。

〝そうよ、こうするしかないわ。あの女は私を捜さない。先ず、私はもう大人。それにあの女は私を厄介払いして凄く嬉しいはずよ〟

彼女はベルを鳴らし小間使いを呼んで言った。

「ジュリエット、私の話しをようく聞いて。私、出て行くわ。永久にこの屋敷を去るの。夜になったら母に言って。私が出て行ったって。探しても無駄、私は絶対に戻らないからって」

小間使いは溜息をついた。

「お気の毒なお嬢様……」

心がちょっとほっこりしたエレーヌは彼女にキスした。娘は尋ねた。

「タクシーを呼んで鞄と猫を運ぶのお手伝いしますよ。もし明日まで残してよろしければ、私が教えていただいた所にお運びしますけど？……」

「いえ、いいわ」エレーヌはタンタベルを胸に抱きしめながらきっぱりと言った。

「タクシー、お呼びしますか？」

だがどこに向かうのか、まるっきり考えのないエレーヌはそれも断わった。彼女は扉を開けた。

「二階に戻って。音をたてないで。夜まであの女に絶対何にも言っちゃだめよ」

彼女は外に滑り出ると街角をさっと曲がってシャンゼリゼに出た。溜息まじりにベンチにへたりこんだ。一歩目は簡単だった。一台の車。一つのホテル。一つのベッド。

〝眠りたいわ〞彼女はそう思ったがそのまま動かず、なんとも心地よく空気を吸いこんだ。空気は強烈で新鮮だった。首に巻いた黒いベールが湿って重かったが、長い間病人の部屋にいた彼女は自由な空気に猛烈な渇きを感じていた。手袋を脱いでバスケットの蓋から手を滑らせた。優しく撫でてやると猫は喉を鳴らした。

〝彼、重くなくって嬉しいわ〞彼女は思った。〝彼を一人で残すくらいなら私も残る方がよかった〞

「タンタベル、あなたがこの言葉の値打ちをちゃんと感じてくれるかどうか分からないけどね、まあ、見ていなさい。私たち、幸せになるのよ」彼女は猫に言った。

初めて濃密な涙が頬を伝った。彼女は一人だった。雨のシャンゼリゼに人影はなかった。徐々に体が温まって血管の中で血がもっと強くもっと元気に駆け巡り始めた。

彼女は改めて空を見上げた。風が吹き始めた。おもちゃ屋と大麦糖の小店が雨に光っていた。もう雨は小止みになって斜めに舞う小さな雨粒を風が直ぐ乾かした。低い小道の砂だけが赤錆色の水に濡れていた。

〝私、絶対に父のもとは離れなかった〞エレーヌは思った。

〝でもあの人は亡くなって今安らいでる。だから、私は自由、自由ね。自分の家、子ども時代、母、私が憎んで私の心にのしかかってきた全てから解放されたのよ。私がそれを棄ててやったの。私は自

由。私、働こう。私、若いしとても丈夫。私、人生を恐れない〃
彼女は雨模様の空、重々しい緑の木々、雨水をいっぱい含んだ葉叢《はむら》、雲間に現れた陽光を穏やかに眺めながら思った。
子どもが一人通った。りんごを噛《かじ》りながら自分の歯型を見て笑った。エレーヌは思った。
〃行きましょう！〃
そして直ぐに、
〃でもなんでこんなに？　何も私を引き止めない、誰も私を呼ばない。私、自由だわ。なんていう安らぎかしら……〃
彼女は目を閉じて穏やかに風の音を聞いた。確かに西の海岸から吹きつける突風で、まだ海の匂いと味が残っていた。雲は或る時は遠ざかって驚くほど強く暑い陽光が射しこみ、また或る時は重く分厚い群雲《むらくも》に戻った。だが一瞬でも陽が輝くと全てが輝いた。木々の葉も、幹も、湿ったベンチも。枝から軽いきらきらした水滴が地面に滴《したた》り落ちた。頬を一層火照らせ膝の間で手を握り締めながら、エレーヌは風の音を聞いた。友だちの声を聞くように耳を澄ました。風は凱旋門の下で生まれ、先ず傾《かし》いだ木々の梢の上を吹き抜け、エレーヌを包み、ヒューヒュー鳴りながら嬉しげに舞い上がった。強健なその息吹がパリの饐《す》えた臭いを吹き飛ばし、重々しく力強く恐ろしい神の手が幹を揺るがすように木々を揺すった。マロニエが狂ったようにざわめきながら低くなったり高くなったりした。風はエレーヌの涙を乾かし目が痛んだ。顔を吹き抜けるともっと静かにもっと軽やかに血を暖めてくれるような気がした。彼女はいきなり帽子を取って手の中で回し、天を仰いだ。微笑みながらひゅうひゅう吹き抜ける突風を引きとめ味わうためにそっと唇を差し出す自分に言い知れぬ驚きを感じた。

〝私、人生を恐れない〟彼女は思った。

〝これまではただの修行時代。とんでもなく辛い時期だったけど、私の勇気と誇りを鍛えてくれたわ。それこそ私のもの、私の譲《ゆず》れない宝物なのね。私は一人。だけど、私の孤独は酔うほど強烈だわ〟

彼女は風の音を聞いた。激しい息吹の中に潮騒のような深く、荘厳で、喜ばしいリズムが感じられた。最初は尖って、しゃがれて、騒々しかった音が一種力強いハーモニーに溶けこんでいった。シンフォニーの始まりのようにまだざわざわしていたが、その時主旋律が聞こえて彼女の耳を驚かせた。すぐ消えてがっかりして捜していると突然また聞こえ、今度はもう逃げ去らず、もっと力強くもっと美しい違う様式の一部をなしていることが分かった。ほっとし、安心して聞いていると恵みの音響が嵐のように彼女に降り注いだ。

彼女は立ち上がった。その瞬間、雲が遠ざかった。凱旋門の柱の間に青空が現れ彼女の道を照らした。

（一九三五年）

訳者あとがき

精神の戦いは、人間どもの戦いと同じように烈しいものだ。
（A・ランボオ「地獄の季節」）

「孤独のワイン」は一九三五年三月から雑誌『パリ評論』に連載され、同年八月アルバン・ミシェル社から刊行された。

一九二九年「ダヴィッド・ゴルデル」によってデビューを果して以来「フランス組曲」執筆中に拘留され、一九四二年、アウシュビッツの収容所で落命するまで、十年余りのイレーヌ・ネミロフスキーの作家生活にあって中期を画する重要な作品である。

ウクライナのキエフにブルジョワ家庭の娘として生まれ、ロシア革命の最中に家族とともにペテルブルクからフィンランド、スウェーデン経由でフランスに渡った波乱万丈の前半生は作家の諸作品に繰り返し様々な形でモチーフを提供している。「孤独のワイン」はその中でも最も私的、自伝的要素の強い作品である。作家は〝私の人生には長篇小説にするのに充分な思い出と詩がある……遅かれ早かれ必ず宿命的に書くほぼ自伝的作品、……〟（日記、一九三三）と記している。さて、作家が自らの経験を存分に搾り出し、醸《かも》した濃厚なワイン、果たしてお口に合うだろうか？

オリヴィエ・フィリッポナとパトリック・リアナールによる作家の伝記（*La vie d'Irène Némirovsky*）には彼女の生涯と作家活動の克明な記述とともに、豊富な写真が掲載されている。この本によって、本作が伝記的事実に忠実なこと、また本作の登場人物達が実在したモデルの面影を非常に正確に写し取っていることが分かる。父母は勿論、母方の祖父母、幼いエレーヌの唯一の心の拠りどころとなるフランス人の養育係り（本作ではマドモアゼル・ローズ）の写真にはなるほど、いかにもといった風姿、表情が写っている。エレーヌのファーストキスの相手、フレッド・ルスも伝記の中で実在を確認することができる。

ただし、実人生とは異なる部分、実在が確認できない人物もあり、作品理解のうえで重要なキーとなると思われるので挙げておきたい。伝記的事実と大きく異なるのは、作品中エレーヌは父ボリスの死の直後二十一歳で徒手空拳の旅立ちをするが、作家の父レオン・ネミロフスキーが死去した時、彼女は二十九歳になっており、既に結婚して旺盛な執筆活動を展開し、作家としての地歩を固めつつあったことである。本作を執筆したのはレオンの死の二年後で、父に強い愛情とシンパシーを抱いていた彼女にはその死の衝撃がまだ生々しかったに違いない。〝天はあまりに残酷に私たちを突き放す〟（日記、一九三二）

この時期、彼女には父の死が画した前半生を作品に昇華する強いモチベーションがあったと思われる。〝ぴくぴく動く血の滴る真実の過去、そこにはあらゆる想像を巡らせる値打ちがあるのではないか？〟（日記、一九三三）

分身エレーヌの激烈な内的遍歴を辿り、エピローグを父の死、自立への旅立ちで締め括ることで、彼女は作家として、自身の前半生に区切りをつけたのだ。

もう一点、エレーヌのフランス人の養育係マドモアゼル・ローズはロシア革命の最中、サンクトペテルブルクの霧の中で窮死するが、イレーヌの養育係ゼゼルは同じ年ネヴァ川で入水自殺を遂げている。どれだけこの養育係が幼いイレーヌにとって大きな存在だったたか、本作でお読みいただける通りだが、この書き換えには作家のゼゼルに対する深い憐れみと労《いた》わり、鎮魂の思いが感じられる。一九三一年に発表された中篇「秋の雪」（既刊）で、ゼゼルはセーヌ川に入水するロシアの老婆に姿を変え、悲痛に描き出されている。

実在が確認できない人物はリディ・サフロノフ、マックス・サフロノフ母子である。

ストーリー展開上非常に重要な役を果すマックスは、ベラとエレーヌの母嬢二代に渡って徹底的に人生を狂わされるかなり気の毒な人物と思えるが、伝記には彼と思《おぼ》しき人物も、母の愛人とイレーヌの交情も一切記述がない。おそらく数多《あまた》いたであろう母アンナの愛人の中に彷彿させる人物がいた可能性はあるが、基本的にマックスは作家が創作した人物であり、エレーヌと彼の関係はフィクションだと思われる。作家はこの人物を非常に入念に造形し、特にエレーヌが彼との関係の中で〝プライドと復讐の満足とは違う何か〟を発見し、そこから彼女の〝moral struggle〟（作家ノートで作家はこの英語を使っている）が始まると記している。

訳者には moral struggle こそが本作のテーマだと思われる。エレーヌは一種異様な資質の持ち主である。十歳になるやならずで父母の内面や二人の関係、世間が彼等に向ける眼差しが分かり、十二歳でペテルブルクに移った時には置き去りにされる祖父母の事情やその思い、親類のマックスと母との関係、自分の成長に伴って徐々に居場所を失くしていくローズ嬢の立場まで見抜いてしまう。或いは見抜けてしまう。エレーヌはある意味周囲の大人以上に大人で、老成している。〝人は十二で年寄りになれる〟

彼女が対峙するのは外部の社会より自分自身であり、主戦場は物語の最後に至るまで彼女自身の内部にある。復讐の成否よりもそれが引き起こす内的葛藤の方が重大なのだ。幼い彼女にとって唯一理解できないのは自分自身、わけても自分の中に眠っている官能であり、作家はその目覚めがエレーヌの意識と行動に及ぼす作用を微細に抉《えぐ》り出す。

私的モチーフ、特にエレーヌがベラに対して抱くような並外れて強いルサンチマンを扱う場合、作家が最も警戒するのは私的感情が生《なま》に、過剰に露出することではないだろうか。作家はセザール・フランクの交響曲を模した厳密に均整のとれた構成の中で八歳から二十一歳に至るエレーヌの半生を描き出していく。第一部はウクライナ、第二部はペテルブルク、第三部はフィンランド、第四部はパリ。物語はステージを変えつつ、見事な起承転結の中で進む。それぞれのステージに転調がしかけられ、波乱の展開の中で登場人物たちの感情のクライマックスが訪れる。酔い（Ivress）、酔わせる（enivrant）という言葉が循環形式の主題のように各ステージに登場し、エレーヌは陶酔と覚醒の境を彷徨いながら成長していく。作家が注釈や説明を加えず、登場人物を存分に生かしきり、彼等、彼女等の意識、感情、言葉と行動が物語りを進めていくのがイレーヌ・ネミロフスキーの大きな特徴である。その結果、読者は転変して止まない事象と心象の同時進行にライブで立ち会う。この作家の作品に接する最大の妙味はそこにあると訳者には思われるが、本作ではその特徴が最大限に発揮され、記憶と想像力が織り成す息苦しいまでに濃密な時空間が次々に現出する。

一方でごく稀に時空間の枠外にある作者の箴言のようなコメントが挿入される。

〝だが、マックスと彼の古い愛人の間に残っている血を流す瀕死の愛を見抜くには彼女はまだ若すぎた〟

この愛は当事者のベラにもマックスにも、作家が言うとおり明敏なエレーヌにも意識されていない。作家だけがそれを知っており、いわば水平な物語の進行に垂直に光が差しこむような効果が生まれ、作品に奥行きを与えている。もう一つ例を挙げておこう。

〝実際、男には生きるために最低限息のできる空気、一定量の酸素と幻影が必要なのだ〟

〝唯一の避難所〟ローズ嬢の死をきっかけにエレーヌのベラ、マックスに対する反発心は復讐心に変り、彼女は現実に復讐を果していく。彼女はほとんど本能的にマックスがいずれ自分の若さの前に屈服することを知り、彼女の描いた筋書き通りに復讐は果されていく。だが戦いが始まるのはそこからである。彼女にとって復讐は明らかに諸刃の剣であり、それが果される度に、〝プライドと復讐の満足とは違う何か〟に目覚めずにはいられない。

〝彼女は底意地悪く残酷な興奮に奮い立った。そして同時に痛切な悲しみをこめて思った〟〝私、二人よりましなもんじゃないわ、結局……〟

これが Moral struggle の始まりであり、知識として彼女の外部にあった聖書の言葉がこの時内面に入りこんでくる。彼女は期せずして交情のあった二人の男、フレッド・ルスとマックスから〝嫌らしい〟（odieux）という言葉を浴びせられるが、マックスを征服したことを確信したとたん、彼女自身

〝私は嫌らしい血と戦いながら生きてきた。でも、それは私の中にある。私の中に流れている〟〝もし自分に打ち勝つことを知らずにいたら、この呪われた悪血が一番強くなってしまう〟ことに思い至る。彼女の内面にはいくつもの層が折り重なっており、彼女は自身との葛藤を通してその深層に下りてゆく。両親から自己肯定感を得られなかった少女の、熾烈な自己回復、自立に向けた戦いの軌跡である。そしてその最も深い古層は個人を超えたユダヤ人としての種族の集合的な意識に繋がっていることが随所に暗示される。

〝自分のひ弱な骨に、自分の種族の多くの者たちが肩をすぼめ、蒼ざめてきた不安と恐怖の重みが丸ごとのしかかるような気がした〟

種族の集合的意識と個人の関係は「アダ」（既訳）を初めとする後期の作品の中でさらに徹底的に追求されて行く。

とはいえ、エレーヌの性格が本来的にポジティヴであることを、読者は認められるに違いない。

〝今、目にしている全て、感じている全て、自分の不幸、孤独、この黒い水、あの風に揺れるランタンの炎、全て、自分の絶望までが少女を生に向かって投げ返した〟

最愛のローズ嬢の死に際して、〝私、死にたい〟という思いを乗り越え、彼女はこうした自己を発見する。

〝私、人生を恐れない〟

エピローグでエレーヌが発するポジティヴな宣言は、勿論作家ネミロフスキー自身のものだ。一九三六年、彼女の才能を高く評価し、その作品を最後まで称讃して止まなかった高踏派の詩人、アンリ・ド・レニエ（一八六四〜一九三六）の死に際して彼女は痛切な弔辞を送りながらも次のように書き記している。

〝生きるとは卑俗なこと。あの方はいつもそう言っていた。本当にそうか？「孤独のワイン」それから「二人」（Deux 一九三七刊）で、私は必ずしもそうではないことを示したいのだ。私は人生を愛する。根本的に、私の全ての悩みは人生を充分豊かに、充分長く楽しむことができないという恐れから来る。私には日々があまりに短く思える。陽はあまりにも早く沈む。夏はかくも早く終わり、死はかくも早くやってくる〟

イレーヌ・ネミロフスキーは烈しく人生を愛した人だった。その後半生を思うと胸が塞がる。

本訳は Albin Michel 刊行の *Le Vin de solitude* をテキストとし、Vintage Books 刊行、サンドラ・スミス訳による *The Wine of Solitude* をサブテキストとしました。

「孤独のワイン」は「フランス組曲」とともに作家の代表作として挙げられることが多く、訳者としてもいつか取り組みたいと念願してきた作品です。

私的経験に想像力を絡めていく作家の筆は手強く、文字通り enivrant な力があり、訳者自身、ペテルブルクの霧の中やフィンランドの雪原、愛憎渦巻くパリのアパルトマン等で何度か酩酊に近い状態を経験したことを記しておきます。

終始本訳を期待してくださった未知谷社主飯島徹さん、熱心な編集作業に当たっていただいた伊藤伸恵さん、美しい写真を表紙カバーにご提供いただいたみやこうせいさんに心から感謝いたします。

二〇一八年　残花舞う季節に

芝　盛行

Irène Némirovsky

（1903～1942）

ロシア帝国キエフ生まれ。革命時パリに亡命。1929年「ダヴィッド・ゴルデル」で文壇デビュー。大評判を呼び、アンリ・ド・レニエらから絶讃を浴びた。このデビュー作はジュリアン・デュヴィヴィエによって映画化、彼にとっての第一回トーキー作品でもある。34年、ナチスドイツの侵攻によりユダヤ人迫害が強まり、以降、危機の中で長篇小説を次々に執筆するも、42年にアウシュヴィッツ収容所にて死去。2004年、遺品から発見された未完の大作「フランス組曲」が刊行され、約40ヶ国で翻訳、世界中で大きな反響を巻き起こし、現在も旧作の再版や未発表作の刊行が続いている。

しば　もりゆき

1950年生まれ。早稲田大学第一文学部卒。訳業に、『秋の雪』『ダヴィッド・ゴルデル』『クリロフ事件』『この世の富』『アダ』『血の熱』『処女たち』（イレーヌ・ネミロフスキー、未知谷）、ジョン・アップダイク「ザ・プロ」、P. G. ウッドハウス「カスバートの一撃」、リング・ラードナー「ミスター・フリスビー」、J. K. バングス「幻のカード」、イーサン・ケイニン「私達がお互いを知る年」を紹介した英米ゴルフ小説ベスト5（「新潮」2000年）。2008年以降、イレーヌ・ネミロフスキーの翻訳に取り組む。

孤独《こどく》のワイン　Le Vin de solitude

二〇一八年五月　十　日初版印刷
二〇一八年五月二十五日初版発行

著者　イレーヌ・ネミロフスキー
訳者　芝　盛行
発行者　飯島徹
発行所　未知谷
千代田区神田猿楽町二‐五‐九　〒101-0064
Tel.03-5281-3751 / Fax.03-5281-3752
〔振替〕00130-4-653627
組版　柏木薫
印刷所　ディグ
製本所　難波製本

ISBN978-4-89642-551-2　C0097